Collection
PASSION

Dans la même collection

BILLIE GREEN

Dans un monde
de feu

**PRESSES DE LA CITE
PARIS**

Titre original :
A Very Reluctant Knight
Collection Loveswept ™.

Traduction française de Paule Ithe

Publié avec l'accord de Bantam Books, Inc.

© 1983, by Billie Green
© Presses de la Cité, 1984 pour la traduction française
ISBN : 2-258-01391-7

1

« MAGGIE s'en occupera. »

Ces mots résonnaient encore à l'esprit de la jeune femme lorsqu'elle se pencha pour emplir la première des six écuelles. «Bien sûr, songeait-elle, écœurée, si personne ne veut le faire, demandons à Maggie. Elle s'en chargera. On peut compter sur elle, elle est si serviable! »

— Doucement, doucement, murmura-t-elle à l'adresse des six chiens qui se précipitaient bruyamment sur la portion qu'elle venait de servir. Je vais aussi vite que possible.

La cour aux barrières blanches semblait trop petite pour cette meute d'animaux avides. Comment oncle Charles en était-il venu à avoir six chiens? D'après tante Sarah, il avait le cœur trop tendre pour repousser une bête égarée; mais celle-ci s'arrangeait toujours pour donner aux actes de son mari une grande valeur humaine.

«Impossible de savoir ce qui motive les autres », pensa-t-elle avec un haussement d'épaules. Elle avait sous les yeux la preuve que ce pauvre homme n'avait aucun sens des réalités. Arrivée à la quatrième écuelle, Maggie fut renversée par un grand danois. Une fois son mètre soixante remis sur pied, elle secoua la poussière de son short et lança un regard furieux à l'animal fautif.

— Tu tiens à recommencer, mon grand?

Elle fit un pas menaçant dans sa direction, et l'énorme bête lui lécha la main pour demander humblement pardon.

— Je te pardonne pour une fois, mais ne recommence pas!

Après avoir repoussé les fougueux animaux, Maggie acheva de remplir leurs écuelles et regarda les nuages noirs qui s'amoncelaient au-dessus de sa tête. Ce temps lourd et orageux convenait parfaitement à son humeur. Pendant des semaines, la jeune femme avait attendu une invitation de Dave mais lorsqu'il s'était enfin décidé, elle s'était engagée à venir prendre soin de cette ménagerie de bâtards. Quelle déveine!

« Comment se fait-il que je m'empêtre toujours dans ce genre de situations? » gémit-elle intérieurement. Lorsque tante Sarah lui avait demandé si elle avait des projets pour le week-end, elle aurait dû se douter que cela se terminerait de cette manière. C'était toujours ainsi.

— Je suis une poire, déclara-t-elle aux chiens. Non...

Ses boucles mordorées s'agitèrent énergiquement.

— ... Non, je n'exagère pas. Quand j'arrive, les gens ne disent pas : « Tiens, voici Maggie Simms, le fameux expert des ventes », ni : « Voici Maggie Simms, la jolie veuve enjouée », ni même : « Voici Maggie Simms, une chic fille. » Non, ils disent : « Voici Maggie Simms; une vraie cruche! »

Prenant gentiment dans ses mains la tête du grand danois et, fixant son regard brun compréhensif, elle lui demanda :

— Ne comprends-tu pas? J'aurais pu passer ce week-end avec Dave!

Le coup de langue qu'elle reçut en guise de consolation la fit sourire tristement.

— Merci mon vieux, mais j'ai peur que ce ne soit pas la même chose.

Quelques instants plus tard, alors que les chiens reniflaient bruyamment les bols déjà vides, Maggie s'appuya contre la balustrade de la véranda, oppressée par la lourdeur de l'air et la futilité de ses pensées. Elle avait toujours aimé venir chez tante Sarah et oncle Charles, dans leur petite maison de l'est du Texas. L'air frais, chargé de la senteur des pins, la changeait agréablement de la chaleur et du gaz carbonique de Dallas. Mais cette fois-ci, c'était différent. Si elle ne leur avait pas promis de veiller sur leur couvée bien-aimée, elle aurait pu se trouver avec le seul homme intéressant qu'elle avait rencontré depuis son veuvage.

Dave était un nouveau collègue. En poste à Houston, il avait été muté pour remplacer le directeur de Maggie qui prenait sa retraite. Le sourire timide de Dave, sa silhouette élancée et séduisante l'avaient immédiatement attirée. Il avait su mettre à l'aise les employés, faisant preuve d'autorité mais aussi de prudence et de diplomatie, évitant toute querelle de bureau. Son intelligence pondérée calmait les esprits les plus chagrins et le respect de ses supérieurs lui était d'ores et déjà acquis.

Comme il venait de divorcer, les commérages allaient bon train mais, jusqu'à présent, il n'avait

9

accordé aucune attention particulière aux jeunes femmes de la société. Cependant, à plusieurs reprises, Maggie s'était rendu compte qu'il l'observait et qu'une lueur d'intérêt brillait dans ses yeux bleu clair.

Et puis, mardi, au cours d'une conversation anodine, il lui avait proposé de l'emmener à un concert. Malheureusement, elle avait dû refuser. La timidité de Dave était comme une bouffée d'air frais après la suffisance des hommes que Maggie avait rencontrés depuis son veuvage.

Avec un soupir de regret, elle jeta un coup d'œil sur le beau paysage environnant. S'il existait une justice, Maggie serait en train de se préparer pour cette soirée avec Dave, au lieu de regarder venir l'orage.

A la vue des nuages sombres qui s'accumulaient au-dessus des champs, derrière la maison, la jeune femme se décida à aller fermer les fenêtres. Au moment où elle quittait la véranda, une grosse Mercedes argent passa sur la route, soulevant un voile de poussière.

— Merci, grogna-t-elle, furieuse. Il ne manquait plus que cela!

Mécontente, Maggie suivit la voiture des yeux, lorsque celle-ci freina pour reculer jusque devant la clôture blanche. Le conducteur arrêta le moteur et descendit du véhicule.

Malgré son mètre quatre-vingts, il avait une allure de félin. L'ennui se lisait sur son visage séduisant, légèrement hâlé. On ne discernait aucune mollesse dans ses mouvements : même à distance, Maggie sentait l'énergie qui se dégageait de sa vigoureuse silhouette. La coupe impeccable du costume qu'il portait avec la nonchalance d'un homme habitué au luxe semblait déplacée dans ce paysage campagnard. Ses cheveux blond foncé et ses traits bien dessinés lui donnaient l'air aristocratique d'un noble scandinave.

« Un dieu norvégien fait homme! » pensa Maggie effrontément, lorsqu'il ouvrit la barrière pour se diriger vers elle.

— Bonjour.

Elle l'accueillit avec sa politesse habituelle et conserva son sourire, bien qu'elle n'appréciât pas sa façon de fixer ses jambes bronzées, au galbé parfait.

— Puis-je vous renseigner?

— Je l'espère, dit-il suavement.

Sa voix était profonde et distinguée; un sourire étudié jouait sur ses lèvres finement ourlées. Avant de poursuivre, il examina soigneusement le visage de la jeune femme, ce qui la mit mal à l'aise.

— Pourriez-vous me dire si cette route mène bien au manoir de Kingman?

« Vous n'avez rien trouvé de mieux? » se moquait-elle intérieurement. Tous les cent mètres, des panneaux indiquaient la direction de la demeure située au bord d'un étang privé, à quelques kilomètres de là et il devait fort bien le savoir. D'ailleurs, la lueur amusée de ses yeux, d'un gris argenté inhabituel, montrait que cet étranger savait qu'elle n'était pas dupe.

« Magnifique! Avec tous mes problèmes, il faut que je tombe sur un cinglé qui éprouve une attirance bizarre pour les campagnardes couvertes de sueur et de poussière. Autant faire semblant d'ignorer la transparence de son jeu. »

— Oui, elle y mène bien, répondit Maggie avec un profond soupir.

Pendant un long moment, il observa son visage, puis baissa les yeux sur sa poitrine. Sensible à la caresse de son regard, Maggie sentit la colère monter en elle. « Nous y voilà... », pensa-t-elle, prête à repousser ses avances.

— Merci, dit-il tranquillement.

Et, au moment où elle s'y attendait le moins, il fit demi-tour vers la barrière.

Cet idiot intégral s'en allait! Il s'était donc vraiment arrêté pour se faire confirmer la direction. Stupéfaite, Maggie suivit des yeux la silhouette souple qui traversait la cour.

Arrivé à sa voiture, il se retourna, un pétillement amusé dans ses yeux étonnants.

— Au fait, remarqua-t-il, désinvolte, en vous traînant dans la poussière, votre chemisier s'est ouvert.

Son sourire s'élargit effrontément lorsque le jeune homme la vit porter vivement ses mains vers sa poitrine à moitié dénudée.

— Très jolie. Petite, mais jolie, ajouta-t-il en un doux murmure.

Puis il ouvrit la portière et logea sur le siège sa haute stature.

— Quel homme insupportable! marmonna Maggie, alors que la voiture disparaissait dans un nuage de poussière. Il aurait pu au moins s'abstenir de cette remarque!

Indignée, elle se dirigea vers la maison.

Deux heures plus tard, après avoir pris une douche et enfilé des habits propres, la jeune femme se sentit remise, aussi bien physiquement que morale-

12

ment. Installée sur la balancelle de la véranda, elle reconnut de bonne grâce qu'elle avait mérité la flèche que l'inconnu lui avait décochée en partant. A peine était-il descendu de voiture, qu'elle avait conçu à son égard des soupçons inexcusables.

Il lui fallait bien admettre qu'elle avait eu cette réaction uniquement parce que ce n'était pas Dave. Jamais ce dernier ne lui avait adressé un regard aussi supérieur, voire condescendant. Il était doux, intelligent et respectable. Après ses deux années de vie commune avec Barry, Maggie appréciait énormément ces trois qualités.

Barry faisait penser à un enfant charmant. Grand, d'un physique agréable, il avait pris ce que le monde lui donnait — y compris Maggie — comme si tout lui était dû.

Issu d'un milieu bourgeois, il avait été outrageusement gâté par sa mère, au détriment de ses frères et sœurs. Petit dernier, il avait eu tout ce qu'il désirait et il attendait de tous le même sacrifice.

Etourdie par sa beauté et ses manières de petit garçon, Maggie avait pris le relais de sa mère, désirant même le rendre encore plus heureux. Elle s'était vite rendu compte que, pour cela, il lui fallait de l'argent, et elle avait passé des heures au travail pour que leur petite imprimerie devienne rentable. Peut-être en avait-elle trop fait. Son désir de contenter Barry — tâche bien difficile — avait été dépassé par son besoin de réussite personnelle. Une femme absente la plupart du temps et exténuée lorsqu'elle rentrait à la maison, cela n'avait pas dû être très agréable pour lui. Dans leur couple, elle représentait le sens pratique : une femme active unie à un rêveur. Peu à peu, elle avait compris que Barry lui en voulait de cela même qui l'avait attiré au début : sa force et son énergie.

Bouleversée par ces pensées qu'elle avait soigneusement refoulées depuis deux ans, Maggie se leva. Henry, le grand danois, vint fourrer son museau dans sa main, comme pour essayer de la réconforter.

Si seulement elle avait donné plus de responsabilités à Barry! Si seulement elle avait été plus faible, peut-être aurait-il été plus fort. Mais, dès le début de leur mariage, elle s'était rendu compte qu'il n'en était pas capable. Chaque fois qu'elle l'avait encouragé à s'occuper du développement de leur petite entreprise, il avait saboté les tâches les plus simples.

Tendue, elle parcourait de long en large la véranda, accompagnée de l'énorme chien noir qui, de temps en temps, levait vers elle des yeux compatissants.

— J'ai essayé, Henry, protesta-t-elle, de sa voix douce et voilée empreinte de regrets. J'ai essayé d'être comme il le souhaitait, mais je n'arrive vraiment pas à être faible et stupide.

Leur existence s'était déroulée, tant bien que mal, pendant deux ans. Et puis, brusquement, tout avait basculé. Ce jour-là, exceptionnellement, Barry se trouvait à l'imprimerie, alors que Maggie avait dû se rendre chez un client. Lorsqu'elle était revenue, en fin d'après-midi, les pompiers finissaient de vaincre l'incendie qui avait ravagé le bâtiment. L'enquête devait révéler qu'un mégot mal éteint était à l'origine du sinistre. Victime de sa négligence habituelle, Barry était mort, asphyxié par l'épaisse fumée.

Veuve à vingt-deux ans, rongée par le remords de

14

n'avoir pas su rendre son mari heureux durant leur courte vie conjugale, Maggie avait traversée une période extrêmement pénible dont elle n'avait pu émerger que grâce à ses amis. Au désespoir avait succédé une volonté d'activité : elle n'était pas femme à se laisser aller et, vaillamment, elle avait peu à peu repris le dessus.

Son poste d'expert des ventes, à Howard Electronics, avait été sa bouée de sauvetage. Se jetant à corps perdu dans ce travail, elle s'était rapidement adaptée à son nouveau style de vie. Ses collègues, avec lesquelles elle entretenait de bonnes relations d'amitié, l'occupaient assez pour l'empêcher de trop songer au passé.

Deux ans plus tard, elle rencontrait enfin un homme en qui elle pouvait avoir confiance. Dave n'avait pas la beauté virile de Barry mais il était séduisant à sa façon. Il était réfléchi et prévenant envers son entourage.

Maggie repoussa ces pensées déprimantes pour contempler avec stupeur l'obscurité croissante. Il n'était que seize heures mais l'atmosphère était d'un bleu étrange, sans un souffle d'air et ce calme inhabituel semblait quelque peu menaçant.

Maggie traversa la cour pour observer la ceinture de nuages noirs, lorsqu'elle entendit une voiture. En dépit des ombres bleutées, elle reconnut facilement le reflet argent. Apparemment, l'arrogant inconnu avait terminé ce pour quoi il avait dû se rendre au manoir. Il arrivait fréquemment que la demeure et ses alentours soient loués pour des séminaires de travail ou par des cadres fatigués, le temps d'un week-end. Cependant il était difficile d'imaginer cet homme en train d'organiser quelque chose de ce genre. La voiture ralentit devant la maison et Maggie faillit tirer la langue lorsque le conducteur tourna la tête vers sa silhouette — propre, cette fois-ci. Tout à coup, le véhicule s'arrêta dans un hurlement de freins; l'homme s'élança vers la barrière et saisit rudement la jeune femme par les épaules.

— Qu'est-ce qui vous prend? glapit-elle en frappant les mains qui s'enfonçaient douloureusement dans sa peau.

— Regardez!

Il la fit pivoter sur ses talons.

Les nuages bas roulaient et tourbillonnaient furieusement. Et, trois champs plus loin, pendant de cette masse déchaînée, une mince queue en forme de serpent prenait un relief effrayant.

— Mon Dieu, soupira-t-elle, terrifiée, une tornade!

Les mots qu'elle murmurait étaient à peine audibles.

— Ma petite, je pense qu'il est temps de partir d'ici, à moins que vous ne vouliez prendre des photos!

— La cave! s'exclama la jeune femme, détachant son regard de la traînée grise qui l'hypnotisait.

Elle l'attrapa par la main et se mit à courir en direction d'une butte couverte d'herbe, derrière la maison. Il fit tourner la porte de métal sur ses gonds et poussait Maggie à l'intérieur, lorsqu'elle se souvint brutalement de la raison de son séjour ici.

— Les chiens! Je dois aller chercher les chiens!

— Pas le temps!

Il la fit passer devant lui et tira sur eux la lourde porte qui se ferma avec un bruit sourd.

Sa respiration résonnait étrangement dans le

silence lorsque Maggie descendit prudemment l'escalier en bois. Au pied des marches, elle s'arrêta net, paralysée par la profonde obscurité qui régnait autour d'elle et par l'odeur de moisi qui emplissait ses narines.

— Il y a un interrupteur quelque part, dit-elle nerveusement.

Elle tremblait à l'idée des serpents qui cherchaient continuellement refuge dans la cave.

Avec un cri d'angoisse, elle trébucha, bousculée par la haute silhouette qui s'était cognée contre elle. Terrorisée, elle sentit sous sa main quelque chose de froid et poussa un soupir de soulagement en comprenant qu'il s'agissait de l'interrupteur. Elle le tourna et une ampoule dispensa une faible clarté.

Maggie n'était pas revenue dans cette cave depuis son enfance. Un flot de souvenirs envahit sa mémoire : de longs et paresseux étés, les parties de cache-cache avec son cousin, les conserves de fruits et de légumes avec tante Sarah, dans la cuisine surchauffée, et le rangement des pots bien étiquetés sur les rayonnages de cet endroit merveilleusement frais.

— Autant nous installer confortablement, en attendant la tempête, dit l'homme d'une voix lente.

Maggie avait complètement oublié l'inconnu. Il avait retiré d'un banc un tas de sacs en toile et ôtait maintenant sa veste pour la suspendre à un crochet. Il avait déjà dû enlever sa cravate car sa chemise était largement ouverte sur son cou.

— A votre avis, combien de temps cela va-t-il durer ?

Après quelque hésitation, Maggie le rejoignit sur le banc.

— La plupart des tornades se déplacent à raison

de quinze kilomètres à l'heure environ, expliqua l'homme d'une voix désinvolte, comme s'il n'était pas concerné. Je dirais que tout sera terminé... dans quelques minutes.

— J'aurais dû prendre les chiens. Oncle Charles me tuera s'il leur arrive quelque chose.

L'homme s'appuya confortablement contre le mur, étendit ses longues jambes et jeta un coup d'œil circulaire sur la cave.

— Tout ira bien pour les chiens.

Il cessa d'examiner la pièce et regarda sa compagne de haut en bas, comme s'il s'agissait d'une esclave à vendre. Mal à l'aise, Maggie s'agita, ce qui alluma dans les yeux gris une lueur d'amusement.

— Les chiens possèdent cette mystérieuse capacité de prévoir les catastrophes naturelles, poursuivit-il. Ils se mettront à l'abri jusqu'à ce que le danger soit passé. D'autre part, je nous vois mal, enfermés dans ce lieu étroit, avec tous ces chiens. Ce serait infernal.

« Et ils pourraient froisser votre costume, pensa Maggie. Prétentieux personnage! J'aimerais mieux être en compagnie de ces animaux. »

Soudain, le calme fut rompu par un coup de tonnerre qui ébranla le sol en ciment. La faible lumière s'éteignit et des pots tombèrent des étagères pour s'écraser par terre, tandis que Maggie hurlait de terreur. Elle se sentit brutalement tirée de sa place et poussée sous le banc par la poigne d'un homme qui représentait maintenant la sécurité dans leur monde souterrain voué à la folie.

Étroitement cramponnée à sa taille, elle tremblait sous son étreinte, coincée entre lui et le mur. Un certain temps s'écoula avant qu'elle se sente assez

18

calme pour se dégager et murmurer doucement :

— Croyez-vous que ce soit fini?

Le visage enfoui dans ses courtes boucles brunes, il chuchota :

— Vous n'avez jamais été prise dans une tornade, auparavant?

— Non, Dieu merci!

— Il y a parfois une accalmie, comme celle-ci, avant que vienne le pire.

Il semblait sérieux et inquiet — presque trop — et en même temps, quelque chose d'autre résonnait dans sa voix. De l'amusement, peut-être?

— Mieux vaut rester encore un peu ici.

Et il l'attira tout près de lui, moulant sa fragile silhouette contre son corps puissant.

— Combien de temps?

— Difficile à dire.

Sa bouche s'était rapprochée de son oreille.

— Peut-être une heure. Mais croyez-moi, je saurai quand nous pourrons partir.

Sa main aux doigts effilés vint se poser juste sous la poitrine de la jeune femme.

— Ne croyez-vous pas qu'il serait temps de faire les présentations? Je m'appelle Mark Wilding.

— Enchantée. Je... Je.. Mais que faites-vous avec votre main?

Elle sursauta en sentant ses doigts monter de quelques centimètres.

— Je vérifie simplement la température de votre corps et les battements de votre cœur, expliqua-t-il doucement.

Le même sous-entendu résonna dans sa voix, plus perceptible maintenant.

— Je veux m'assurer que vous n'êtes pas en état de choc.

19

— Je vais très bien, merci. Vous pouvez retirer votre main. Et je m'appelle Maggie Simms.

— Maggie? Est-ce le diminutif de Margaret? demanda-t-il poliment, en posant sa main sur la hanche de sa compagne.

Un frisson de plaisir l'envahit quand elle sentit la chaleur de sa paume à travers le velours de son jean. Se raidissant contre cette caresse insidieuse, elle repoussa la main.

— Non. Je m'appelle vraiment Maggie, déclara-t-elle fermement, bien décidée à imposer sa volonté.

Il passa une jambe par-dessus les siennes et, glissant sa main sous sa marinière en coton, lui caressa le dos.

— Est-ce le nom de votre mère? chuchota-t-il, les lèvres contre son oreille.

Elle repoussa sa cuisse et, du coude, fit descendre son bras sur sa taille

— Non, mes parents aimaient ce prénom, dit-elle les dents serrées.

Mais la main vagabonde ne resta pas longtemps inactive. Après une pause imperceptible, elle descendit épouser le bas de ses reins. En même temps, son genou remuait de façon suggestive contre sa jambe.

— Je crois bien que l'une de mes grand-tantes maternelles se prénommait Maggie, murmura-t-il d'une voix enrouée.

Elle planta ses ongles dans la main puissante et la repoussa vigoureusement tout en lui envoyant un coup de pied dans le tibia.

— C'est fort possible. Ce prénom est assez courant, soupira-t-elle, hors d'haleine.

20

Doucement, Wilding avança le dos de sa main contre la poitrine de la jeune femme et effleura le bout d'un sein.

— Il est très agréable à entendre.

Il saisit entre ses dents le lobe de son oreille et le mordilla doucement.

— Je l'espère, fit-elle, la tête rejetée en arrière pour éviter ses lèvres.

Puis elle posa fermement ses mains sur sa propre poitrine après avoir retiré celles de l'homme.

— Mais c'est certain.

Ses lèvres descendirent sur son cou, comme si elle le lui offrait pour son plaisir. Il lui prit une main pour la passer dans l'ouverture de sa chemise.

C'en était trop. Elle n'allait pas laisser cet arrogant personnage lui faire la cour!

— Non.

Et elle s'écarta de lui, aussi loin que le mur le lui permettait.

— Tenez-le-vous le pour dit, monsieur Wilding, je ne vous aime pas. Et je n'aime pas non plus vous voir profiter de la situation pour essayer de vous amuser.

Ses yeux s'étaient habitués à l'obscurité et elle regardait son visage en lui parlant. Elle réajusta sa marinière.

— Ce n'est pas parce que je suis petite que mon cerveau est sous-développé; je ne suis pas assez stupide pour m'adonner à un tel jeu avec un don Juan qui veut prendre du bon temps avec une paysanne du coin!

— Vous êtes vraiment adorable!

Ravi, il essaya de l'attirer à nouveau contre lui.

— Mais vous êtes fou! gronda-t-elle à voix basse,

tout en repoussant le mur solide de cette poitrine.

— Vous ressemblez à une petite chatte en colère.

Il se mit à rire et tenta de la calmer.

— Maintenant, laissez-moi tranquille!

Maggie lui envoya son petit poing dans le ventre, de toutes ses forces.

Le choc lui coupa un peu la respiration.

— Mais, mon chou, nous pourrions discuter...

Soudain, il se releva d'un bond et se cogna la tête contre le banc. Un hurlement à vous glacer le sang résonna à travers la porte et son écho se répercuta étrangement dans leur caverne miniature.

— Bon sang, s'exclama-t-il en se frottant le crâne, le chien des Baskerville!

— Henry!

Maggie avait reconnu les aboiements de son ami. Elle se glissa par-dessus Mark, toujours allongé, et se releva.

— Cela veut dire que nous pouvons sortir!

— Pour l'amour du Ciel, attention aux éclats de verre. Vos espadrilles sont trop légères pour vous protéger. Restez où vous êtes. Je vais aller ouvrir la porte pour montrer à ces pauvres bêtes que vous êtes toujours vivante.

Heureuse d'abréger une scène qui devenait vraiment bizarre, Maggie réprima un juron. Elle attendit patiemment au pied de l'escalier, un sourire satisfait aux lèvres en entendant les commentaires ronchons et inintelligibles de Mark et les aboiements du grand danois. Un bruit sourd résonna lorsque Mark donna un coup d'épaule dans la porte. Quelques secondes plus tard, il jurait rageusement en poussant de plus en plus fort.

22

— Qu'est-ce qui ne va pas? demanda Maggie inquiète.

Au bruit de ses pas, il était clair qu'il redescendait. Arrivé devant elle, ses traits séduisants reflétaient la surprise.

— Je suis désolé, Maggie, mais apparemment, nous sommes coincés là pour un moment encore.

D'une voix contenue, il poursuivit en l'observant :

— La porte semble bloquée de l'extérieur.

2

— BLOQUÉE? Que voulez-vous dire? Comment peut-elle être bloquée?

— Par ce mot, j'entends obstruée ou barricadée, expliqua Mark patiemment, un sourire de franche gaieté aux lèvres.

Le pied sur le banc, le bras négligemment appuyé sur le genou, il la fixa de ses yeux gris clair.

— Je jurerais que c'est cet arbre planté à quelques mètres de la cave qui a provoqué cela.

— Le magnolia de tante Sarah! Elle adorait cet arbre! Elle l'a planté l'année de son mariage avec oncle Charles.

— Je compatis bien sincèrement, mais j'avoue que cette perte est bien le cadet de mes soucis, pour l'instant. Il a dû tomber en travers de la porte, et...

Sur le mode théâtral, il marqua un arrêt et sa voix ne fut plus qu'un murmure :

— ... Nous sommes pris au piège... ensemble... seuls... dans une cave très étroite et très sombre. *Capisci*? ajouta-t-il, en observant sa compagne pour voir l'effet produit par ses mots.

— Oh non! gémit-elle, l'œil mauvais, saisissant enfin le sens de ses paroles.

Elle s'écarta lentement de lui et de son sourire suffisant.

— Eh si, ma chère. Le moins que l'on puisse dire, c'est que la situation devient intéressante...

Il eut un rire de satisfaction.

— Où en étions-nous, avant cette brutale interruption?

— Henry! hurla Maggie.

Puis, à travers les bris de verre, elle se précipita en haut des marches pour donner dans la porte de violents coups d'épaule. Comme ses efforts restaient vains, elle envoya un coup de pied rageur, puis, dans un accès de dépit, elle la martela de ses poings, accompagnée en cela par les aboiements excités d'Henry.

Enfin, se rendant compte qu'elle ne parvenait qu'à se ridiculiser, Maggie appuya sa tête contre la porte pour reprendre son souffle. Le crissement des éclats de verre la fit sursauter et elle jeta un coup d'œil par-dessus son épaule. La haute silhouette était à peine visible, au pied de l'escalier.

— Tout cette énergie dépensée contre une porte! lui reprocha Mark.

« Mon Dieu », se lamenta-t-elle intérieurement. Elle était prisonnière sous terre, avec un obsédé! « Au moins, si je ne peux pas m'échapper, je ne laisserai pas cette arrogante créature me pourchasser tout autour de la cave jusqu'au retour de mon oncle et de ma tante, dimanche. »

Son mètre soixante droit comme un *i*, elle descendit et poussa Mark sur le côté.

— Il y avait toujours une lampe à pétrole sur ces

étagères. Je suis certaine que mon oncle et ma tante n'ont pas changé leurs habitudes et qu'il y en a toujours une en cas de besoin. Mais il faut d'abord nettoyer ce gâchis pour pouvoir bouger sans marcher sur ce verre.

Si cela devait finir par une partie de cache-cache, Maggie préférait avoir le champ libre.

— Cherchez sur votre droite. Vous devriez trouver la lampe et des allumettes.

Elle retint son souffle, dans l'attente d'une réaction, puis elle poussa un soupir de soulagement en entendant Mark gratter une allumette. La faible lumière s'éleva. Dieu merci, elle n'avait pas été cassée.

Mark la posa sur un rayonnage, derrière le banc, en sifflant joyeusement. Puis il se tourna vers Maggie, avec un profond salut.

— Et maintenant, Capitaine? demanda-t-il avec un sourire diabolique.

— Oh! pour l'amour du Ciel, asseyez-vous sur le banc et n'en bougez plus jusqu'à ce que j'aie fini! ragea Maggie, irritée.

— Mais je ne veux pas que vous fassiez tout le travail. Donnez-moi le balai et je vais nettoyer cela en un rien de temps.

— Je doute sérieusement de vos capacités à utiliser un balai. De plus, ajouta-t-elle malicieusement, vous pourriez vous salir les mains.

— Non!... fit-il, le ton plein d'une horreur feinte. Dans ce cas, il vaudrait peut-être mieux que vous le fassiez vous-même. A en juger par notre première rencontre, vous appréciez particulièrement la poussière, et je ne voudrais pas vous priver de ce plaisir.

Indignée, elle se mit à bredouiller. Wilding se dirigea vers le banc, en ôta les éclats de verre et s'assit, les bras croisés, le dos contre le mur, les yeux fixés sur elle.

Nerveuse, la jeune femme se gratta la gorge, lui tourna le dos pour prendre le balai et commença à rassembler les débris. Heureusement, la plupart des bocaux pleins étaient restés en place. Tout en travaillant, elle jetait des coups d'œil sur Mark. Qu'attendait-il? Un sourire interrogateur aux lèvres, il étouffait de temps en temps un bâillement d'ennui, mais son regard ne la quittait pas.

Après avoir fait de son mieux, elle rangea le balai et resta face au mur. Elle se sentait parfaitement idiote. Et maintenant? pensait-elle désespérée. S'il s'était montré agressif, elle aurait pu le calmer, mais son silence la rendait folle.

« Attention, Maggie, ne te laisse pas avoir! »

Brusquement, elle se tourna vers lui. Appuyé contre le mur, il attendait toujours, sans la lâcher des yeux. Il tapota le banc, un rire contenu brillait dans son regard.

« Cet idiot se moque de moi! » Cette pensée la soulagea momentanément. Puis la colère la saisit. Comme si cela ne suffisait pas, d'être enfermée. Non! Il fallait qu'elle le soit avec cet individu! Elle le toisa froidement, ce qui eut pour effet d'élargir son sourire.

— Venez vous asseoir, Maggie, dit-il doucement. Vous devez être fatiguée, après tout ce travail.

— Non, merci, répliqua-t-elle, glaciale. Je préfère rester debout.

— Pendant deux jours? s'informa-t-il, incrédule. Vos oncle et tante ne doivent pas revenir avant dimanche soir; autant nous résigner à cette longue attente.

Ses trait se figèrent.

— Comment le savez-vous? murmura-t-elle en fixant son séduisant visage, comme s'il était le diable en personne.

— Jake me l'a dit, répondit-il comme si c'était évident.

— Jake? Jake? Pourquoi vous aurait-il parlé d'eux?

Jake était le propriétaire du manoir de Kingman et le meilleur ami d'oncle Charles. Maggie l'avait toujours connu et elle aurait parié que ce n'était pas le genre d'homme à discuter des affaires d'autrui avec des inconnus.

— Parce que je le lui ai demandé. Et peut-être parce que je suis son neveu préféré.

— Jake est votre oncle? Je ne le crois pas. Un vieil homme aussi charmant ne peut avoir un neveu tel que vous.

— C'est pourtant vrai, je vous assure.

— Alors, pourquoi n'a-t-il jamais parlé de vous?

Mark sauta sur ses pieds et se dirigea vers elle.

— Pensez-vous que Jake soit un bavard?

Reculant d'un pas, elle le fixa d'un air furieux.

— Non. C'est pourquoi il me semble bizarre qu'il ait été aussi loquace avec vous.

L'accusation était claire.

— C'est différent. Je le lui ai demandé. Et je suis certain que si vous l'aviez interrogé vous aussi, il aurait été heureux de vous parler de son séduisant et talentueux neveu.

— Et pourquoi lui avez-vous parlé de mon oncle et de ma tante?

Sa prudente retraite fut arrêtée par les rayonnages qui couraient le long du mur. Impossible de reculer plus loin.

— En réalité, je n'ai pas fait mention de ces estimables personnes.

Il donnait l'impression de s'amuser énormément.

— J'ai fait allusion à un poids-plume féminin, jolie mais altière, aux cheveux mordorés et aux yeux bruns pailletés d'or.

Sa voix n'avait plus la même résonance et ses paroles doucement murmurées ressemblaient à d'invisibles caresses qui flottaient encore dans l'air et sur la peau de la jeune femme, longtemps après qu'il se soit tu. Il observa intensément la poitrine de Maggie qui se soulevait au rythme de sa respiration précipitée et ajouta, en un chuchotement rauque :

— Dès que je vous ai vue, j'ai su ce que j'éprouverais à votre contact. Mais j'étais encore en deçà de la vérité, Maggie.

Hypnotisée, elle suivit des yeux son approche, comme un cobra suit la flûte du charmeur de serpent. Il n'était plus qu'à un pas et tendait les bras vers elle, lorsqu'elle brisa le charme. Cherchant frénétiquement quelque chose de plus fort que sa propre volonté pour le tenir à distance, elle ne vit que les conserves. Elle saisit un énorme bocal et le leva aussi haut que possible, en un geste menaçant.

— N'avancez plus, l'avertit-elle, un pas de plus et je vous envoie ce pot de... de mirabelles, précisa Maggie après avoir jeté un coup d'œil à l'objet.

Il s'arrêta, ébahi, puis, contre toute attente, commença à rire. Tant et si bien qu'il se tenait les côtes et que les éclats de sa gaieté résonnaient dans la petite cave. Lorsqu'il put se contrôler, il regarda Maggie et repartit de plus belle en remarquant son air perplexe.

— Vaincu par un pot de prunes! suffoqua-t-il. Maggie, vous êtes merveilleuse.

Son rire était si naturel, tellement irrésistible, qu'elle se dérida. Maggie le fixa car il s'approchait d'elle — négligemment, bien sûr — pour examiner ostensiblement le pot.

— Monsieur Wilding, je ne veux pas que vous me fassiez la cour. Alors, cessez de jouer les don Juans, cela me porte sur les nerfs.

— Evidemment, je ne voudrais pas être importun.

Son expression innocente était juste un peu exagérée.

— Mais, dites-moi, madame Simms, qu'est-ce qui vous déplaît en moi?

Sa curiosité ne semblait pas feinte, aussi Maggie devait-elle fournir de bonnes raisons, mais rien de ce qui lui venait à l'esprit ne lui semblait être une explication adéquate. Sur la défensive, elle laissa échapper :

— Vous êtes trop grand.

— Alors je vais me baisser, dit-il joignant le mouvement à la parole. Quoi d'autre?

— Est-ce vraiment nécessaire? C'est simplement une question d'atomes.

Un éclair de malice dans ses yeux lui rappela les ondes de sensualité qui avaient flotté entre eux, quelques instants auparavant. Nerveuse, elle s'éclaircit la voix.

— Bon, très bien. Je n'ai jamais eu d'attirance

pour les blonds, et votre attitude envers l'existence est à l'opposé de la mienne.

— Vous êtes très perspicace, observa-t-il paresseusement, pour avoir su percer à jour ma philosophie de la vie en l'espace de deux heures et quinze minutes.

Il marqua une pause.

— Ce que vous essayez de dire, c'est que je vous rappelle votre mari, n'est-ce pas?

— Comment sav... Bien sûr, Jake vous a aussi parlé de Barry. Il parle beaucoup trop.

Il la regarda marcher de long en large, furieuse.

— Je suis désolé, Maggie. Oubliez cela. Asseyez-vous et calmez-vous.

Devant son air dubitatif, il ajouta :

— Nous ne ferons que parler, je vous le jure.

Fatiguée de ce passé qui, ce soir, la poursuivait constamment, elle haussa les épaules. Tout cela était terminé, et elle voulait l'oublier. Elle s'assit sur le banc, sans protester lorsqu'il l'installa confortablement contre son épaule

— Pauvre petite, vous êtes exténuée. Je suis désolé d'avoir eu une telle attitude. Je suppose que j'ai agi par habitude. Bien que ce ne soit pas une bonne excuse, c'est la seule que je puisse vous donner. A moins que vous ne teniez aucun compte du formidable désir que j'ai de votre corps.

— Savez-vous ce que vous êtes en train de me dire? Vous venez d'admettre que vous considérez les femmes comme des objets sexuels. Personne ne vous a dit que le chauvinisme masculin est en voie de disparition? Si vous n'y prenez garde, vous allez vous retrouver dans la même situation que le dinosaure, conclut-elle en riant.

— Je suis désolé de vous décevoir, mon chou, mais certaines femmes ne peuvent pas être regardées différemment. Peut-être n'est-ce pas la même chose dans votre milieu, mais la grand majorité des gens que je côtoie — hommes ou femmes — est prête à troquer son intégrité contre un profit crapuleux.

Le cynisme de sa voix lui fit lever la tête vers lui, mais il y avait beaucoup plus encore dans ses yeux gris : quelque chose que Maggie ne voulait pas reconnaître, car cela le rendrait trop humain. C'était de la tristesse, peut-être même de la solitude, qui ne transparaissait pas dans son ton traînant. Vivement, elle écarta cette pensée pour répondre d'un air désinvolte :

— Je suppose que chacun d'entre nous s'est demandé un jour ou l'autre quelle impression cela faisait d'être une personne comblée; mais à vrai dire, j'ai toujours pensé que cette sorte de vie ne me plairait pas; on doit s'ennuyer affreusement. Si vous obtenez tout ce que vous désirez, il vous faut chercher sans cesse toujours plus loin, toujours plus nouveau, ce qui doit causer un terrible désespoir.

Pensif, Mark la regarda un moment, avec, dans le regard, une sorte de respect. Puis il grimaça un sourire.

— Stupéfiant! murmura-t-il. Vous avez raison, bien sûr. Mais tout le monde ne raisonne pas ainsi. Certains ont la chance de pouvoir s'accrocher à quelque chose de solide — leur travail, ou un être à chérir. Mais, trop souvent, celui qui a tout ne possède rien.

Alors qu'elle commençait — à contrecœur — à se sentir émue par ses paroles, un sourire espiègle parut sur son visage, et il ajouta :

— Je trouve que vous devriez avoir pitié de moi.

— Vous êtes incorrigible. M'apitoyer sur vous serait une perte de temps. Je pense aussi que l'argent va à ceux qui en ont déjà. Si j'étais riche, je serais étudiante à plein temps. Il y a tant à apprendre. Ou peut-être ferais-je des études à mi-temps pour découvrir le monde pendant l'autre moitié.

— Avez-vous beaucoup voyagé?

— Même en comptant mes excursions dans l'Oklahoma pour rendre visite à tante Marthe, je dois répondre non, admit-elle en riant.

— Mais vous aimeriez cela?

— Qui n'aimerait pas? rétorqua-t-elle, étonnée de l'étrange lueur qui s'allumait dans les yeux de Mark.

— Cela vous ferait plaisir d'aller à l'île Saint Thomas? Je dois passer le prochain week-end à Charlotte Amalie pour mon travail. Venez avec moi.

— Mark! Je croyais que vous deviez bien vous conduire!

— Maggie, vous adorerez les îles Vierges, dit-il, ignorant son reproche. Même envahi de touristes, c'est l'endroit le plus charmant que vous puissiez imaginer. Mes affaires sur place ne me prendront pas beaucoup de temps, nous pourrons donc explorer à loisir. Qu'en pensez-vous? dit-il, cajoleur.

— Mark, vous êtes impossible. Vous venez juste de parler des gens qui troquent leur intégrité contre des choses que l'on peut monnayer. Et maintenant, vous souhaitez que j'agisse comme eux.

Il rit doucement.

— J'ai peut-être l'esprit un peu faussé, mais je ne

suis pas masochiste. Je ne peux pas imaginer des relations platoniques entre nous.

— Et je ne peux imaginer de relations d'aucune sorte entre nous, déclara Maggie avec force. Dès que nous serons sortis d'ici, nous ne nous rencontrerons plus. Nous ne faisons pas partie du même monde. Vous êtes une tête d'affiche et je suis dans le générique, et ces deux mondes ne se rencontrent jamais. *Capisci?* conclut-elle en imitant son accent précieux.

— Maggie, Maggie, je fais peut-être les têtes d'affiche, mais je défie n'importe qui de vous mettre une étiquette. Vous êtes tout à fait à part. C'est pourquoi je n'ai pas l'intention de vous laisser disparaître de ma vie... Parlez-moi de votre mari, ajouta-t-il peu après.

— Il n'y a pas grand-chose à en dire.

Pourquoi le passé ne s'évanouissait-il donc pas, au lieu de resurgir quand elle s'y attendait le moins?

— Nous n'étions pas fait l'un pour l'autre car nous n'envisagions pas la vie de la même façon. Peut-être que les choses se seraient arrangées si nous avions eu le temps. Nous n'étions mariés que depuis deux ans lorsqu'il est mort tragiquement.

— Et ensuite?

— J'ai essayé, après quelques mois, de me construire une autre existence, avec un nouveau travail, de nouveaux collègues, de nouveaux amis, un nouvel appartement...

— Pauvre petite fille, murmura-t-il tendrement, si cruellement blessée, et si vulnérable.

— Non, non. Pas vulnérable, protesta-t-elle en faisant voler ses boucles cuivrées. Je ne le suis plus.

— Vous en êtes sûre? fit-il avec un sourire, désireux de lui changer les idées. Prouvez-le-moi, en m'accompagnant aux Iles.

Et il passa son bras autour de son épaule, provoquant ainsi sur sa peau un étrange picotement, sensation qui s'accrut lorsqu'il remua ses doigts effilés. Un frémissement sensuel la parcourut.

— Mark!

Son ton était suppliant; désirait-elle qu'il s'arrête, ou qu'il continue? Maggie n'aurait su le dire.

— Mark, reprit-elle, la voix plus ferme, je vous ai déjà dit que je n'irai pas. Pourrions-nous laisser tomber cette conversation? Et je croyais que nous avions décidé d'en finir avec ces galanteries.

— Galanteries? Quel drôle de mot vous allez chercher là. De plus, c'est vous qui avez décidé, pas moi. Sans doute aurais-je dû vous avertir que j'ai l'habitude de mentir pour obtenir ce que je veux, ajouta-t-il en riant.

— Vous reconnaissez que vous vous abaissez jusqu'au mensonge pour obtenir satisfaction? demanda-t-elle, incrédule.

— C'est très honnête de ma part de l'admettre, n'est-ce pas?

Il avait l'audace d'afficher un sourire de satisfaction.

Maggie recula pour l'observer.

— Je pense, monsieur Wilding, que vous êtes tout à fait indigne de confiance, et je ne serais pas étonnée que vous mentiez à propos du mensonge.

— Oh! non, je suis très sérieux! protesta-t-il. Mon seul défaut est de mal supporter la défaite, c'est pourquoi je préfère l'éviter et donner ainsi l'impression d'être parfait.

36

— Et humble, aussi, ajouta-t-elle en riant.

— Bien sûr. Maintenant, vous avez un aperçu de ce que vous manquez en ne venant pas avec moi.

— Je vais certainement me détester de ne pas sauter sur l'occasion. Mais je crois que je suis trop stupide pour reconnaître la chance que m'offre la vie.

Elle commençait à apprécier son sens de l'humour.

Il lui tapota l'épaule en guise d'encouragement.

— Ne vous en faites pas, il m'est déjà arrivé de rencontrer des gens qui ne m'appréciaient pas à ma juste valeur, mais je finis toujours par convaincre les plus sceptiques.

— J'en suis sûre, marmonna Maggie en étouffant un bâillement. Et apparemment, vous allez avoir tout le temps de me persuader. Deux jours, en fait.

Elle jeta un coup d'œil tout autour de la cave.

— Mark, comment allons-nous dormir? Le sol est en béton.

— Ne vous en faites pas, princesse. Pendant que vous jouiez avec votre balai, je repérais les lieux...

Devant son regard indigné — car elle se souvenait fort bien qu'il ne l'avait pas quittée des yeux — il se hâta d'ajouter, blessé :

— ... en vue de notre installation pour la nuit.

Elle semblait perplexe.

— Et qu'avez-vous trouvé?

Il se dirigea vers les sacs de toile.

— Cela servira de matelas. Voici le couvre-pieds de madame. Ce n'est pas vraiment le Pérou, mais cela ira, je crois, dit-il en ramassant une bâche.

Il semblait s'amuser et elle sourit intérieurement

devant son enthousiasme. Elle ne s'était pas attendue à cela de sa part.

— Je suis muette d'admiration. Je ne savais pas que vous aviez un tel sens pratique.

— Eh bien, voyez-vous, il y a quelque chose derrière mon séduisant visage. Je suis intelligent autant que beau.

— Et nous avons déjà constaté votre modestie!

— C'est vrai, admit-il, absorbé par sa tâche.

Elle le regarda installer les sacs et étendre soigneusement la bâche sur le lit de fortune.

— Mark, demanda-t-elle, curieuse, n'avez-vous pas des ascendances autres qu'anglo-saxonnes? Je n'ai jamais entendu un accent comme le vôtre, sauf, peut-être, chez Gary Grant.

Un sourire incroyablement enfantin aux lèvres, il s'arrêta pour la regarder.

— J'ai passé plusieurs années à Londres, mais...

Sa voix devint un murmure confidentiel et il jeta autour de lui des regards de conspirateur.

— ... à vrai dire, à quatre-vingt-dix pour cent, c'est de l'affectation pure et simple.

Ravie, elle éclata de rire.

— Mais pour vous faire plaisir, je peux prendre l'accent du Far West, porter des bottes de cow-boy et chiquer.

— Ciel! Non merci.

— Tant mieux, fit-il, soulagé. Sur le plan de la prononciation et de l'habillement, je m'en sortirais, mais pour ce qui est de chiquer...

— Je m'en doute!

— Maintenant, si vous êtes prête, notre lit nous attend.

Après un regard à la paillasse, puis à Mark, elle dit, un peu hésitante:

— Mark, vous n'allez pas... Je veux dire, cette nuit, quand je dormirai, vous n'allez pas...

— Maggie, gronda-t-il, comment osez-vous le demander? Je suis peut-être un peu excentrique, mais je sais me tenir. Vous pouvez dormir du sommeil du juste. Je promets de ne pas vous toucher. Tout du moins, poursuivit-il avec un sourire malicieux, tant que vous ne serez pas éveillée.

— Mark!

— Je plaisantais. Allons, venez vous coucher.

Quel homme complexe, pensa-t-elle en ôtant ses chaussures. Elle détourna la tête quand il commença à déboutonner sa chemise. On ne savait jamais s'il jouait la comédie ou s'il était sérieux, à supposer que cela lui arrive. La modération ne devait pas faire partie du personnage.

Quelques minutes plus tard, alors qu'elle allait sombrer dans le sommeil, blottie dans la chaleur du corps étendu à ses côtés, elle pensa qu'elle n'avait jamais connu cette sensation de sécurité avec Barry, et elle en apprécia le réconfort.

* *
*

— Non!

Maggie s'éveilla en sursaut, comprenant soudain que ce cri ne faisait pas partie de son rêve, mais était bien réel. Mark remuait à côté d'elle en geignant. Un coup d'œil à sa montre l'informa que c'était le matin. Fallait-il l'éveiller de ce cauchemar?

Elle le contempla de près. Son air suffisant, presque arrogant, avait disparu pour faire place à une telle angoisse que cela la décida. Elle caressa doucement le visage mouillé de sueur.

— Mark? lui murmura-t-elle à l'oreille.

Il écarta sa tête en marmonnant des mots inintelligibles. Ses yeux s'ouvrirent tout à coup, alors qu'elle lui secouait légèrement l'épaule.

— Maggie? chuchota-t-il en cherchant son visage, à peine visible dans la pénombre.

— Mon Dieu! gémit-il.

Il l'attira brusquement dans ses bras, en une telle étreinte, qu'elle put à peine respirer. Le visage enfoui dans son cou, il la serrait comme s'il essayait de l'absorber.

Comment protester? Son désespoir était évident; il avait besoin d'aide. Mais ce réconfort se transforma bientôt en quelque chose de plus sensuel.

Ses lèvres quittèrent doucement sa joue pour atteindre sa bouche. Maggie lui passa les bras autour du cou. Elle s'abandonnait à cette caresse sensuelle et au désir qui s'éveillait en elle, lorsque la raison lui revint.

— Mark, chuchota-t-elle, essayant de le repousser.

— Oui, Maggie.

Sa bouche descendait maintenant sur son cou, ses mains caressaient son dos et tous ses sens répondaient à cette délicieuse excitation.

— Mark, je vous en prie.

— Vous êtes si belle, soupira-t-il, vous...

Une série de bruits résonnant dans la cave exiguë l'interrompit. Au même moment, Maggie entendit les aboiements furieux d'Henry tandis que des grattements s'élevaient, derrière la porte.

— La civilisation va faire irruption, princesse.

— Que se passe-t-il?

Avec un soupir, Mark se redressa.

— On est en train de retirer l'arbre et, bien que cela me navre, les troglodytes vont devoir émerger! Que nous le voulions ou pas, on vient nous délivrer.

Exaspéré, il la regarda remettre de l'ordre dans ses vêtements et enfiler ses chaussures. Puis il passa sa chemise.

Lorsque la lumière entra par la porte enfin ouverte, ils avaient recouvré leurs esprits.

Une timide voix masculine retentit :

— Monsieur Wilding?

Immobile, Maggie essayait d'accoutumer ses yeux à la lumière du soleil. Mark s'avança vers leur sauveteur.

— Oui, John, me voilà. Mais que faites-vous donc là?

— C'est votre père, Monsieur. Il a téléphoné d'Irlande la nuit dernière; il voulait vous parler immédiatement.

A la suite de Mark, Maggie gravit l'escalier. Tout lui paraissait confus tant les choses semblaient se précipiter.

L'arrière-cour semblait noire de monde. En fait, il n'y avait que quatre personnes en plus de l'ami de Mark. Ce devait être des voisins. Miraculeusement, à part le magnolia, rien n'avait souffert; heureusement que la maison était toujours debout. Elle s'était attendue à des dégâts considérables.

— Salut, Henry!

Elle s'adressait au chien qui lui faisait fête.

— Je suis contente de te revoir, moi aussi, mais pousse-toi un peu. Et où sont donc les autres?

Elle n'eut pas à chercher longtemps, la meute au grand complet arrivait. Quel soulagement de n'avoir pas à annoncer à oncle Charles la perte de l'un de ses protégés!

Le seul souci qui lui restât maintenant était Mark. Après ce qui s'était passé dans la cave, comment lui faire comprendre qu'elle voulait en rester là? Peut-être ne s'était-il intéressé à elle que parce qu'ils étaient enfermés tous les deux. A présent, il allait se diriger vers des proies plus sophistiquées.

En tournant la tête, elle s'aperçut que Mark l'observait; le même intérêt se lisait dans ses yeux. Il glissa quelques mots à l'oreille de son compagnon et vint vers elle.

— Eh bien, Maggie, on dirait que notre idylle souterraine touche à sa fin.

Cette remarque la fit tressaillir.

— John est l'assistant de mon père. Comme ce dernier a essayé de me joindre, John s'est donné pour mission de me trouver. Quand il a su que j'avais quitté Jake hier après-midi, il a décidé de me suivre à la trace. Après avoir repéré ma voiture, le reste n'était plus qu'un jeu. Votre monstrueux Henry lui a montré le chemin. Un chien dévoué est encore pire qu'un assistant consciencieux. Je vous promets que, la prochaine fois, nous ne serons pas interrompus.

— Mark...

Il était bien difficile de commencer!

— J'ai le terrible pressentiment que vous allez dire quelque chose que je ne veux pas entendre. Souvenez-vous de ce que je vous ai dit, Maggie. J'accepte mal la défaite.

Mais elle poursuivit :

— Je suis désolée si je vous ai donné une mauvaise impression, Mark. Maintenant que nous sommes de retour dans le monde réel, rappelez-vous que ce n'est pas mon genre, de partir avec un inconnu. Vous trouverez facilement quelqu'un pour vous accompagner à Saint Thomas. Si j'y allais, j'oublierais difficilement que je n'ai pas été assez forte pour agir selon mes principes.

Pendant un moment, il resta silencieux et pensif.

— Est-ce à cause du voyage que je paierais pour vous, ou à cause de moi?

— Les deux, répondit-elle, après un instant d'hésitation. Mais même s'il n'y avait pas ce voyage, je dirais non. Vous êtes très séduisant et ce serait très facile d'avoir une aventure avec vous; mais nous sommes tellement différents. Nous ne raisonnons pas de la même façon, nos existences sont à l'opposé l'une de l'autre et une liaison entre nous ne déboucherait sur rien.

— Ce que vous essayez de me dire, c'est que si nous dormions ensemble, vous me mépriseriez le lendemain matin. Dois-je vous rappeler que votre respect pour moi n'est pas ma préoccupation majeure?

— Peut-être pas, mais le respect que j'ai pour moi-même m'importe avant tout, rétorqua-t-elle avec l'espoir que la conversation allait prendre fin.

— Et vous perdriez le respect de vous-même en faisant l'amour avec moi?... Vous avez peut-être raison, mais je vous garantis qu'après une nuit dans mes bras, ce souci serait ramené à la seconde place sur votre liste.

— Mark, protesta-t-elle, incapable de réprimer un sourire devant tant d'audace.

— D'accord, Maggie, je reconnais ma défaite. Pour l'instant..., ajouta-t-il d'un air espiègle.

Il se retourna vers le groupe d'hommes et plaisanta avec eux au sujet de la tornade. Il ne semblait pas le moins du monde affecté par le refus de sa compagne.

«Est-ce là ce que je voulais? J'espérais peut-être qu'il serait ému par ma façon d'agir... » Elle avait dit non, parce que c'était la meilleure chose à faire; ce n'était pas pour tester ses sentiments envers elle — d'ailleurs, il n'en éprouvait aucun. Contrairement à Maggie, il ne recherchait que son plaisir.

Soudain, le groupe commença à se disperser. Entourée des six chiens, Maggie assista au départ de Mark et de son compagnon. Celui-ci était déjà en voiture, quand Mark revint sur ses pas pour tendre à la jeune femme sa carte de visite.

— Au cas où vous changeriez d'avis... Vous n'aurez qu'à siffler pour que j'arrive.

Elle tendait la main lorsqu'il saisit sa marinière et y glissa sa carte, effleurant en même temps la rondeur de ses seins. Le carton tomba doucement à terre.

Ravi, Mark se mit à rire, tandis que Maggie levait les yeux au ciel, en quête d'une intervention divine.

— Comme je le disais précédemment, petits mais beaux, ajouta-t-il.

Ramassant la carte, il la mit dans la poche de Maggie et repartit vers sa voiture en sifflant, sans regarder une seule fois en arrière. Elle resta là, le suivant du regard, le plus longtemps possible.

3

— Maggie, tu recommences!

La jeune femme, qui semblait hypnotisée par le lierre, leva les yeux sur Carrel. Ce mois-ci, cette dernière avait décidé de se teindre les cheveux en roux, couleur qui aurait dû jurer terriblement avec son éclatante garde-robe, mais il n'en était rien : elle était toujours saisissante.

Prudemment, Maggie nota l'exaspération qui se lisait sur le visage de Carrel. Toute la semaine, son amie l'avait observée bizarrement.

— Je recommence quoi?

— Tu tombes sans arrêt dans une sorte d'extase mystérieuse. Que se passe-t-il, ma chérie? Serait-ce un coup de foudre pour un séduisant inconnu? Et je sais de quoi je parle, ajouta-t-elle avec un sourire malicieux.

— Ne sois pas stupide, Carrel. J'essayais simplement de me rappeler quand j'avais arrosé Sophronia pour la dernière fois.

— Sophronia! Quel nom ridicule, pour un lierre, remarqua-t-elle, momentanément distraite de ses préoccupations.

— Peut-être...

Maggie se mit à rire.

— ... Mais il y est habitué, maintenant. Que dirais-tu, si l'on te faisait remarquer que ton nom ne te va pas. Le changerais-tu?

— Oh! non, Maggie, tu ne vas pas dévier aussi facilement la conversation! Alors, pourquoi broies-tu du noir depuis le début de la semaine? Que s'est-il passé le week-end dernier?

— Je ne broie pas du noir, déclara fermement Maggie.

Puis devant l'air obstiné de Carrel, elle reconnut :

— Bon, très bien. J'ai passé le week-end avec un homme riche et séduisant qui m'a proposé de partir avec lui pour un pays de rêve. Es-tu contente, maintenant?

— Au moins, tu as fait des progrès sur le plan de l'imagination. Autrefois tu rêvais de devenir présidente de la société.

— Tu ne me crois pas? fit-elle, les yeux écarquillés de surprise.

— Non.

La réponse était catégorique.

— C'est triste à dire, mais tu as l'esprit beaucoup trop pratique pour envisager quelque chose d'aussi délicieux. Allons, dis-moi ce qui te traccasse. J'espère bien que ce n'est pas Dave!

— Et pourquoi pas? répliqua Maggie, étonnée.

— Sois raisonnable; il porte des chaussettes pied-de-poule!

— Oh non! Le baiser de la mort!

Feignant l'écœurement, Maggie éclata de rire.

— Tu peux rire, ma chérie, mais cela prouve qu'il

lui manque quelque chose — le bon goût, par exemple. J'aurais peur d'un homme qui choisit de telles chaussettes, et me choisit aussi. Tu vois ce que je veux dire?

— Non, Carrel, pas du tout, et je préfère cela. Cependant, la complexité sinueuse de ton cerveau me sidérera toujours.

Amusée devant l'air lugubre de son amie, Carrel vint s'asseoir sur son bureau et croisa ses longues jambes.

— Assez de balivernes, Maggie. Que s'est-il passé le week-end dernier? Tu es allée t'occuper des chiens de ton oncle et...

Avec un grand soupir, Maggie s'appuya contre le dossier de sa chaise.

— Il est arrivé ce que je t'ai raconté.

Après un instant d'hésitation, elle se lança :

— Il y a eu un orage et j'ai passé la nuit, enfermée dans la cave, avec un inconnu.

— Maggie!

Au cri de Carrel, plusieurs têtes se tournèrent dans leur direction.

— C'est merveilleux! Etait-il vraiment riche et séduisant?

— Oh, oui! Tu en aurais été folle, renchérit Maggie.

— Et pas toi?

— Bien sûr que non.

L'air dubitatif de Carrel la fit devenir écarlate.

— Mon Dieu, mais tu rougis! Je ne t'avais jamais vue ainsi.

— C'est parce que je ne rougis jamais, expliqua Maggie en s'éventant d'un magazine.

— La preuve! fit Carrel. Je ne pensais pas qu'un

homme puisse te faire autant d'effet. Ton insensibilité me tracasse parfois, mais moins qu'un coup de foudre irréfléchi. Je détesterais qu'un adroit chevalier te fasse du mal.

— Il n'y a vraiment aucune raison pour que cela arrive. Mark est peut-être adroit, mais ce n'est vraiment pas un chevalier. C'est l'homme le plus... frivole et le plus superficiel que j'aie jamais rencontré.

Le souvenir de l'angoisse qui avait tordu son beau visage pendant son sommeil lui fit marquer une pause. Puis elle murmura :

— Il l'a été la plupart du temps, tout du moins.

Elle secoua la tête pour chasser ses pensées.

— De toute façon, je ne le verrai plus.

— Mark comment?

— D'après sa carte de visite, il s'agit de Marcus Wilding, quatrième du nom. Tu te rends compte? Je n'avais jamais rencontré un « quatrième du nom »!

— Mark Wilding? s'étonna Carrel en plissant les yeux. Espèce d'idiote! Sais-tu qui il est?

— C'est quelqu'un de connu?

— C'est..., bredouilla Carrel. As-tu idée du nombre de femmes prêtes à n'importe quoi pour passer la nuit avec Mark Wilding?

— Je t'ai dit qu'il était séduisant, mais un peu arrogant.

— Séduisant? Mon Dieu, donnez-moi de la force!

Les yeux emplis de compassion, elle regarda Maggie.

— Cet homme est splendide. Et célèbre, poursuivit-elle. Pas seulement au Texas, mais à l'échelon international. Mark Wilding ne suit pas la mode; c'est lui qui la fait. Il a eu des liaisons avec toutes les stars de cinéma. Ne lis-tu jamais les journaux?

— Si, bien sûr. Mais je lis les nouvelles, non pas toutes ces âneries. S'il avait contribué au bonheur de la société, j'aurais entendu parler de lui. Je comprends ce que tu dis, Carrel et, bien sûr, je suis flattée qu'il m'ait demandé de l'accompagner à Saint Thomas. C'est très satisfaisant pour mon orgueil. Mais tu dois te rendre compte, toute toquée que tu sois, que cela ne marcherait pas.

— Saint Thomas, murmura Carrel d'une voix étranglée. Il l'a proposé de t'emmener à Saint Thomas, aux îles Vierges?

— Tu ne te sens pas bien?

— Si, répondit Carrel, abasourdie. Laisse-moi le temps de me remettre.

Avec un grand soupir, elle secoua la tête.

— Tu as raison, Maggie. Toute relation entre vous ne pourrait être que désastreuse. Mais...

Elle se pencha vers la jeune femme.

— ... Un voyage en avion, ma chérie. Ne pourrais-tu pas passer un week-end avec lui?

— Je n'apprécie pas cet homme, déclara Maggie.

— Peut-être, mais tu ressens quelque chose, et ne me dis pas le contraire. Je ne t'ai pas demandé ce qui s'était passé dans cette cave parce que cela ne me regarde pas.

Etonnée, Maggie leva les sourcils. Carrel sourit.

— Je dois bien m'arrêter quelque part, mais de toute façon, je sais que depuis que Barry n'est plus, tu n'as pas eu une seule aventure. Tu es jeune, Maggie. Il faut oublier le passé.

— Ce qui signifie?

— Tu tiens la chance de ta vie. Peu importe qu'il

ne soit pas le prince charmant; il t'a fait une forte impression, ne le nie pas. Tu serais folle de laisser passer cette occasion.

— Désolée, Carrel, je ne peux pas. Je ne suis pas le genre de femme à partir avec un homme que je connais à peine. C'est absurde, et impossible.

— Pour l'amour du Ciel, Maggie, pourquoi es-tu si sage? Ne vois-tu pas que...

Avant qu'elle ait terminé, Dave entra dans le bureau et Carrel regagna sa place, non sans avoir lancé à son amie un coup d'œil qui en disait long.

Subrepticement, la jeune femme observa Dave. Les commentaires désobligeants de Carrel à son égard ne l'influençaient aucunement, mais il lui fallait bien reconnaître qu'elle n'éprouvait plus les mêmes sentiments à son égard. Auparavant, sa mine affable lui semblait calme et digne; maintenant, elle lui paraissait seulement ennuyeuse.

Mécontente, elle secoua la tête et se remit à son travail, mais des doutes continuaient à l'assaillir. Pourquoi un homme aussi parfait la semaine dernière devenait-il soudain si ordinaire?

Pas besoin d'être un génie pour comprendre que cela avait quelque chose à voir avec Mark. Assurément, à côté de lui, tout autre semblait commun, et pourtant Maggie n'était pas femme à s'attacher à l'aspect physique. Cele devait venir de ce qu'elle avait éprouvé à son contact; elle n'avait jamais connu auparavant les sensations qu'elle avait ressenties dans ses bras.

« Et si c'était la première et la dernière fois? » Un frisson la parcourut à cette douloureuse pensée. « Maggie! Reprends-toi. Pense à toutes les qualités de Dave : sa sensibilité, sa droiture, sa... sa... lourdeur », dut-elle s'avouer à contrecœur. Se mordant rageusement les lèvres, Maggie essaya de songer à autre chose.

Toute la journée, elle croisa Dave; chaque fois, elle l'observa soigneusement. Son sourire tranquille et sa voix douce n'étaient pas des signes de lourdeur. C'était vraiment un homme bien, toujours attentif aux autres, toujours prêt à accorder son aide si besoin était. Finalement, ce serait stupide de se laisser aveugler par quelqu'un d'aussi superficiel que Mark.

A cinq heures, la jeune femme rencontra de nouveau son collègue qui lui adressa un sourire timide. Maggie était alors en conversation avec Lilian, une belle blonde, arrivée récemment dans la société. Lorsqu'elle revint à son bureau, ce fut pour y trouver Carrel.

— Que te voulait Mlle Godiche?

— Je ne sais pas pourquoi tu n'aimes pas Lilian. Elle est vraiment gentille.

— C'est une blonde évaporée, Maggie. Et elle est trop évaporée pour comprendre que les blondes évaporées sont en voie de disparition.

La voix de Carrel était empreinte d'un profond dégoût.

— Elle joue les faibles femmes. Elle fait reculer de cinquante ans l'égalité des sexes.

— Qu'est-ce qui te fait penser cela? demanda Maggie, étonnée de sa véhémence.

— Ne l'as-tu jamais vue dans son numéro de faible petite femme? Et elle est toujours si terriblement gentille! Et elle est toujours du même avis que tout le monde!

— Je crois que tu exagères un peu. Ce que nous

51

voulons tous, hommes ou femmes, c'est le droit d'être nous-mêmes. Peut-être que Lilian est simplement elle-même.

— Elle est aussi fausse que la couleur de ses cheveux, insista Carrel, peu convaincue par le raisonnement de Maggie. Que voulait-elle encore?

Peu désireuse de s'attirer les foudres de son amie, Maggie hésita :

— Elle était si excitée; elle doit se rendre à une grande soirée, et...

— Ne me dis pas qu'elle t'a passé le compte Lawrence! Maggie, pour l'amour de Dieu, pourquoi acceptes-tu d'être traitée ainsi?

— Du calme! Je n'avais rien prévu pour ce soir, alors pourquoi ne pas terminer cela à sa place?

— Je déteste voir les gens profiter de toi. Particulièrement cette fille-là.

— Tu es jalouse parce qu'elle est la seule femme du bureau, à part toi. que les hommes suivent des yeux.

Et sans laisser à Carrel le temps de s'indigner, Maggie continua :

— Je suis une adulte. J'ai parfois l'impression qu'en raison de ma petite taille tu crois devoir veiller sur moi. J'apprécie l'intérêt que tu me portes, mais honnêtement, je sais ce que je fais. Si l'on profite de moi, c'est parce que je le permets, et cela ne regarde que moi.

Pensive, Carrel la regarda.

— Tu ne fais pas le poids, Maggie. Tu es tellement naïve. Naïve n'est sans doute pas le terme exact. Peut-être es-tu trop sincère et trop bonne. Je sais que tu peux être dure, quand tu le veux; la semaine derière, tu as bien su remettre Jerry à sa place, mais quelques heures après, tu lui prêtais dix dollars, alors que, de notoriété publique, il ne rembourse jamais ses dettes.

Maggie soupira.

— J'ai beaucoup pensé à tout cela dernièrement. On pourrait croire que j'essaye d'acheter l'amitié, mais ce n'est pas cela. Je laisse les gens profiter de moi, uniquement quand il s'agit de quelque chose qui m'indiffère; comme ces dix dollars, ou le temps que je vais passer sur le travail de Lilian. Ce n'est pas grave.

— Mais cela ne te rend pas folle, de te faire avoir?

— Justement, je le sais d'avance. Alors cela m'est égal, généralement.

Exaspérée, Carrel rétorqua :

— J'avais tort. Tu n'es pas naïve, tu es complètement stupide.

Riant doucement, Maggie la regarda rassembler ses affaires, tout en marmonnant. Quel bonheur d'avoir une amie si attentive, même si leurs points de vue ne convergaient pas toujours. Le caractère accommodant de Maggie ne connaissait pas le cynisme de Carrel.

Histoire de se dégourdir les jambes, la jeune femme décida d'accompagner Carrel jusqu'à l'ascenseur. Cette dernière la repoussa brusquement derrière une énorme plante, en lui faisant signe de se taire.

— Ta douce et timide ingénue est sur le point de dévorer M. Magnifique, souffla-t-elle, le doigt tendu.

— Carrel!

— Chut!

Dave et Lilian passaient à côté d'elles, conversant à voix basse.

— Je crois que vous serez contente, Lilian, disait Dave, d'un ton plus ardent qu'à l'ordinaire. Ils ont la meilleure carte de Dallas et l'orchestre est formidable.

— J'en suis sûre, répondit doucement Lilian. Je suis heureuse de n'avoir pas à terminer le compte Lawrence. C'est si compliqué, il m'aurait fallu des heures.

— Je vous avais dit que Maggie le ferait, rétorqua Dave, alors que les portes de l'ascenseur se refermaient sur eux. Elle est aussi serviable qu'un scout, et digne de confiance.

Les yeux fermés, Maggie s'appuya contre le mur.

— Maggie? Es-tu folle?

— Pourquoi? questionna celle-ci, les dents serrées.

— C'est peut-être idiot, mais je jurerais que de la vapeur sort de tes oreilles.

— Très drôle! dit-elle furieuse en relevant les paupières.

— Je ne t'ai jamais vue dans cet état, insista Carrel, c'est magnifique!

— Je suis toujours heureuse de contenter mes amis en jouant les scouts!

Elle repartit vers son bureau, Carrel sur les talons, ouvrit son sac et en sortit la carte de Mark.

— Maggie, que fais-tu? Réponds-moi!

— Tu vas voir une image s'effondrer devant toi. Et elle prit le téléphone.

— Tu appelles Mark!

— Exact.

A la deuxième sonnerie, une voix féminine décrocha.

— Ici le bureau de M. Wilding.

— M. Wilding est-il là?

— Non, je suis désolée. Puis-je prendre un message?

Maggie hésita. Bien qu'elle détestât l'admettre elle croyait aux signes, et l'absence de Mark lui semblait confirmer qu'elle aurait mieux fait de ne pas appeler.

— Non... Non, merci. Pas de message.

Elle allait raccrocher, lorsque Carrel s'empara du combiné.

— Dites-lui que Maggie Simms a appelé.

Puis, avec un sourire de satisfaction, elle reposa l'appareil.

— Tu croyais vraiment que j'allais te laisser reculer à la dernière minute? Il était temps que tu fasses enfin quelque chose pour toi-même.

— C'était aimable de ta part, mais j'ai bien peur que ce ne soit inutile. Vois-tu, il ne sait ni où j'habite, ni où je travaille.

— Rappelons-le pour donner les renseignements à sa secrétaire.

— Non, déclara Maggie fermement. Si j'avais eu raison de l'appeler, il se serait trouvé là.

— Mais c'est stupide!

— C'est possible, mais je le ressens ainsi. Ne t'en fais pas, poursuivit-elle avec un sourire, j'ai compris la leçon. Désormais, c'est terminé pour M. Magnifique.

— Es-tu vraiment en colère contre Dave?

— Pas vraiment. C'est plutôt l'idée de passer pour une poire qui m'embête.

Après le départ de Carrel, Maggie acheva rapidement le travail de Lilian et se mit à réfléchir. Elle commettait la même erreur que pendant son mariage, mais de façon encore plus monumentale. Autrefois, c'était Barry qu'elle portait à bout de bras, maintenant, c'étaient ses collègues.

Carrel avait raison, il était temps de changer. Sa complaisance n'était pas le signe d'une nature accommodante. C'était une incapacité à dire non aux importuns.

Elle s'était toujours crue forte, avec un côté pratique. C'était vrai, sauf lorsqu'elle laissait les gens profiter d'elle. Cela démontrait clairement une faiblesse de caractère, ce qui n'était pas très attirant.

Déjà six heures et demie. Il était temps de partir, pour ne pas être enfermée. Maggie rangea son bureau, attrapa son sac et sortit, réfléchissant à la façon de vaincre son image de « bonne poire ». Il fallait prendre des mesures énergiques. Partir une semaine pour laisser son travail à un autre, par exemple. Elle avait certainement des vacances à prendre.

Absorbée dans ses pensées, elle franchit la porte de l'immeuble. Il lui fallait faire quelque chose pour elle-même; quelque chose qui lui ferait plaisir; quelque chose de frivole et de superficiel; quelque chose...

— Vous m'avez sifflé, ma douce? prononça tout près d'elle une voix profonde et traînante.

4

EFFRAYÉE, Maggie se retourna. Mark était négligemment adossé à l'immeuble qu'elle venait de quitter.

— Mark! Comment diable avez-vous pu découvrir où je travaillais? s'exclama-t-elle, confondue par cette apparition inattendue. Ne me dites pas que c'est encore une indiscrétion de Jake!

Avec un sourire qui le rendait plus séduisant que jamais, il s'avança vers elle.

— Comme par hasard, Jake ne savait ni où vous habitiez, ni où vous travailliez. J'ai dû téléphoner à votre tante Sarah pour obtenir ces renseignements.

Quel plaisir d'entendre cette voix grave résonner à ses oreilles!

— Tante Sarah?

Bouche bée, elle le dévisagea.

— Elle ne dit quand même pas cela à tout le monde!

— Bien sûr que non!

Ses yeux gris pétillaient.

— Nous avons parlé un bon moment avant qu'elle me renseigne. Le fait que je sois le neveu de Jake m'a bien aidé, mais ce qui a été décisif, c'est que je suis beau, jeune, et que je gagne bien ma vie.

Avec un soupir résigné, Maggie constata :

— Vous voulez dire que tante Sarah a encore joué les entremetteuses. Et vous lui avez confié spontanément que vous étiez jeune, beau, etc.

— C'est venu tout naturellement, au cours de la conversation. Après quoi elle m'a semblé impatiente de me communiquer votre lieu de travail. Et me voilà !

Très content de lui, il avait l'air d'attendre des louanges pour son ingéniosité.

— Mais pourquoi ? Pourquoi vous être donné tant de mal ?

— Je ne me suis donné aucun mal. J'étais content de parler avec votre tante, répondit-il, têtu.

— Mais cela n'a pas de sens. D'après ce que m'a raconté mon amie Carrel, vous repoussez les femmes avec un bâton. Alors, pourquoi moi ?

Une main sur le cœur, il s'approcha et déclara en accentuant encore plus sa prononciation traînante :

— Parce que vous me plaisez, M'dame Maggie.

Puis, les yeux brillant de curiosité, il ajouta :

— Vous avez discuté de moi avec votre amie ? C'est bon signe. Que lui avez-vous raconté ?

— Que vous étiez l'homme le plus impossible et le plus exaspérant que j'aie jamais rencontré, grommela-t-elle, les dents serrées. Soyez sérieux une minute, et dites-moi ce que tout cela signifie.

— Je dois songer à ma réputation. Si le monde apprenait que vous m'avez repoussé, je ne pourrais plus aller à mon club, tête haute. Tout le monde dirait : Pauvre Wilding, il est fini, maintenant, ce n'est plus qu'une lamentable carcasse, l'ombre de lui-même!

— Vous êtes fou, s'exclama-t-elle, partagée entre le rire et l'exaspération. Pourquoi ne pouvez-vous pas me répondre simplement?

— Peut-être parce qu'il n'y a pas de réponse simple.

Il paraissait sérieux, et un peu confus.

— Si je vous disais pourquoi c'est important, à mon sens, vous me prendriez vraiment pour un fou. Admettons que j'ai eu un songe et que je veux en vérifier la signification.

— Je ne comprends pas, Mark.

L'expression solennelle de son compagnon la mettait mal à l'aise.

— Moi non plus, princesse, mais je dois y arriver.

Soudain son humeur étrange disparut pour faire place à son habituelle gaieté.

— Vous m'avez appelé. Cela veut-il dire que vous succombez à mes charmes — qui sont bien sûr trop nombreux pour les citer — et que vous avez décidé de m'accompagner à Saint Thomas?

— Espèce d'orgueilleux..., lança-t-elle, puis se rappelant sa décision : Eh bien, oui. Quand partons-nous?

— Magnifique! dit Mark, sincèrement content. Allons dîner et faisons notre programme.

En un clin d'œil, Maggie se retrouva dans la Mercedes argent. Appuyée contre le siège de cuir noir, étourdie, elle se demandait où cela la mènerait. De toute façon, Mark ne lui laissa pas le temps de changer d'avis.

— Où aimeriez-vous dîner? Préférez-vous un restaurant italien... mexicain... grec...?

Il continuait son énumération, attendant qu'elle l'interrompe.

— ... allemand... hongrois... des sandwiches...?

— .Choisissez, Mark.

Elle n'était pas en mesure de prendre aussi vite une autre décision. La dernière en date occupait encore toutes ses pensées.

Trente minutes plus tard, ils pénétraient dans un charmant petit restaurant spécialisé dans les salades composées. Les serveuses étaient en costume du XVIIIe siècle, ce qui donnait à la salle une atmosphère particulière. Comme elle avait bien fait de le laisser choisir!

Quelle soirée agréable! Mark lui raconta avec beaucoup d'humour ses expériences gastronomiques internationales, et ses exagérations outrageuses la firent rire de si bon cœur que l'attention des autres convives en fut attirée.

Le temps — et le vin — coulèrent avec la même rapidité. En dégustant son café, Maggie se sentait délicieusement étourdie; elle avait même tendance à éclater de rire hors de propos. Mais cela n'avait pas d'importance; rien n'avait d'importance ce soir, et elle ne s'était pas amusée comme cela depuis des années. Elle ne songeait qu'à l'instant présent et repoussait délibérément à plus tard ce qui concernait son voyage à Saint Thomas.

Dans un état second, elle crut revenir chez elle sur un tapis volant. Le vent jouait avec ses boucles sans dissiper la brume qui enveloppait son cerveau.

Les indications imprécises qu'elle avait données à Mark qui la ramena chez elle devaient s'avérer exactes. En l'aidant à descendre de voiture, il eut un sourire indulgent mais elle ne s'en rendit même pas compte.

A la porte, Maggie eut toutes les peines du monde à sortir ses clés de son sac et son compagnon dut lui venir en aide.

— Voulez-vous entrer, murmura-t-elle, alors qu'il se dirigeait vers la cuisine.

Tout en fredonnant, elle retira sa veste et alla s'asseoir sur le divan.

Difficile de se rappeler ce qu'elle n'aimait pas en Mark. Tant pis, elle s'en souviendrait demain! Ce n'était sans doute pas très important. Cette soirée était la meilleure qu'elle ait connue depuis bien longtemps. La saveur insouciante de cette nuit était-elle due au vin ou à Mark? Certainement aux deux à la fois. Les paroles de son compagnon l'avaient ensorcelée. Quel brillant orateur!

Entendant remuer l'objet de ses pensées, la jeune femme ouvrit un œil et le vit debout devant elle, une tasse de café à la main.

— Que faites-vous donc, Mark?

— Du charme, répondit-il brièvement en posant la tasse sur la table basse.

Cette réponse n'étonna pas Maggie. Elle le regarda s'asseoir à côté d'elle.

— Vous y parvenez fort bien, n'est-ce pas?

— Naturellement, fit-il avec un sourire. Je réussis tout ce que j'entreprends.

Saisissant la tasse, il la porta aux lèvres de sa compagne. Obéissante, celle-ci but le café.

— Rien ne vous trouble donc jamais, Mark?

— Une telle supposition me choque.

Bouche bée, Maggie l'observa.

— Voilà ce que j'admire le plus en vous.

— Admirez-vous vraiment quoi que ce soit en moi?

Les yeux de Mark s'agrandirent de surprise.

— Enfin, ma campagne commence à avoir de l'effet. Ne vous avais-je pas dit que vous en viendriez à partager mes vues? Laquelle de mes nombreuses vertus admirez-vous le plus? La perfection de mon physique? Ma nature remarquablement modérée?

— Votre diction, lui confia-t-elle, enthousiaste. Vous é-non-cez tout si clairement qu'en comparaison, mes paroles semblent nasillardes et mal articulées. C'est très beau, acheva-t-elle en soupirant.

Pendant un instant, il resta muet, puis éclata d'un rire énorme, si contagieux que Maggie s'y joignit, sans bien savoir pourquoi.

— Vous êtes impayable!

Il la saisit dans ses bras et embrassa le bout de son nez légèrement retroussé.

— Parfois, Maggie, j'ai envie de vous plier dans mon portefeuille pour vous porter près de mon cœur et vous sortir quand j'ai besoin de vous.

Il repoussa doucement les boucles de son front.

— Que vous admiriez ma diction n'est pas vraiment ce que j'avais à l'esprit, princesse, mais c'est un début.

Sa main suivit les lignes de son visage, ses pommettes délicates, sa mâchoire un peu obstinée, puis glissa sur son cou et ébouriffa les bouclettes de sa nuque sensible.

Aveuglée par l'effet de l'alcool, Maggie se pelotonna comme un chat contre lui, le visage enfoui contre son épaule. En guise de conversation, elle n'émettait qu'un murmure de satisfaction.

Comme s'il s'était agi là d'un signal, il déposa une suite délicieuse de doux petits baisers, du front aux paupières fermées, des joues à la peau sensible derrière l'oreille, et jusqu'au coin des lèvres entrouvertes.

— Mark, chuchota-t-elle, essayez-vous de me séduire?

— Oui, répondit-il doucement, sans hésiter. Est-ce que j'y parviens?

Avec un petit rire, Maggie releva les paupières pour le regarder dans les yeux. Ceux-ci avaient pris une teinte plus sombre, comme un reflet gris acier.

— Vous êtes un homme tortueux, Marcus Wilding, quatrième du nom. Mais cela m'est égal, parce que — et elle prit un ton confidentiel — je suis un peu ivre.

Et nouant ses mains derrière la nuque du jeune homme, elle l'attira vers ses lèvres.

Mais au lieu de continuer sa scène de séduction, Mark releva la tête et étudia soigneusement ses traits langoureux.

— Et si vous n'étiez pas « ivre », comme vous dites, cela ne vous serait-il pas égal?

— Probablement pas, répondit-elle distraitement, les yeux fixés sur sa bouche. Cela a-t-il de l'importance? ajouta-t-elle.

— Non... Bien sûr que non.

Il marqua un temps d'arrêt, comme s'il hésitait puis se pencha pour l'embrasser sur les lèvres, doucement d'abord, puis avec exigence.

Au contact de sa bouche, Maggie poussa un profond soupir, puis se laissa emporter par une vague de sensualité. Alors qu'elle accentuait son étreinte sur la nuque de Mark, celui-ci releva la tête.

— Bon sang, murmura-t-il, je dois me faire vieux.

Etonnée, Maggie le regarda.

— Qu'est-ce qui ne va pas?

— Il semblerait qu'à cette époque avancée de ma vie, je commence à avoir des principes.

Sa voix était empreinte de dégoût.

— Oh! Mark, s'apitoya-t-elle, incapable de réprimer un éclat de rire, c'est terrible!

— C'est bien le moins que l'on puisse dire, marmonna-t-il.

Il encadra le visage de Maggie de ses deux mains et dessina le contour de sa lèvre inférieure avec son pouce, les yeux fixés sur son regard somnolent.

— Mais ne croyez pas que cela soit terminé, Maggie. Ce n'est pas parce que je vous veux sobre et consciente quand nous ferons l'amour, que je suis devenu complètement fou. Demain soir, vous ne boirez que de la limonade, et rien ne m'arrêtera, pas même un infarctus. Compris?

— Oui Mark, je comprends.

Elle eut un sourire compatissant.

— Je suis sûre que ce n'est qu'un égarement temporaire. Demain vous reviendrez probablement à votre ancien comportement peu scrupuleux.

— Vous dites cela pour m'encourager! rétorqua-t-il en riant.

Puis il se leva et la mit sur ses pieds.

— Je ferais mieux de partir, maintenant, avant de revenir à la raison.

A la porte, il lui donna un léger baiser.

— Simplement pour me faire tenir jusqu'à demain! Je viendrai vous chercher à trois heures, et, Maggie...

— Oui?

— Vous ne changerez pas d'avis, d'ici là, n'est-ce pas?

Son expression était indéchiffrable.

— Non...

Elle hésita, puis reprit :

— Non, bien sûr que non.

Il la regarda comme comme s'il essayait de deviner ses pensées, puis, ayant eu l'air d'y trouver ce qu'il cherchait, il hocha la tête et s'éloigna.

Après l'avoir regardé disparaître dans le noir, Maggie referma la porte derrière lui et s'y appuya. Elle n'était plus sous l'effet de l'excellent vin qu'ils avaient bu pendant le dîner; quelque chose de plus puissant courait dans ses veines.

Avant d'avoir pu suivre le cours de ses pensées et examiner ce qui lui arrivait, le silence fut rompu par la sonnerie stridente du téléphone et elle se dirigea vivement vers l'appareil.

— Allô!

Sa voix n'avait rien de son entrain habituel.

— Maggie, c'est moi, dit Carrel. Je t'ai appelée toute la soirée. Où es-tu allée?

Au son de la voix de Carrel, Maggie se rembrunit. Elle n'avait pas envie de parler de la soirée avant que son esprit se soit éclairci; mais elle savait par expérience qu'il lui serait difficile de se débarrasser de son amie.

— J'ai dîné à l'extérieur. Tu aimerais cet endroit, Carrel, leurs salades sont inimaginables et le décor fantastique. Ils avaient suspendu de petits...

— Tu me caches quelque chose, l'interrompit Carrel, soupçonneuse. Ta voix n'est pas franche. Avec qui étais-tu?

— Qu'est-ce qui te fait croire que j'étais avec quelqu'un?

— Allons, Mag, avoue.

— Carrel, de quel droit supposes-tu que je doive te

fournir une explication sur mes allées et venues?

Elle avait pris un ton guindé, dans un dernier effort pour échapper à la curiosité de son amie.

— Diable! Cette histoire doit être vraiment bonne. Qu'as-tu fait? Tu as frappé Mlle Godiche pour lui voler M. Magnifique?

— Ne sois pas ridicule. Bien sûr que non. J'étais avec... (Et, en un murmure presque inaudible, elle ajouta :) ...Mark. Maintenant, puis-je aller me coucher?

— Tu as dit Mark? hurla son amie. Mais comment? Quand?

— Carrel, je suis très fatiguée et je ne vais pas rester debout toute la nuit pour te faire un récit détaillé de ma soirée. Réjouis-toi seulement de savoir que tout s'est passé comme tu le désirais.

— Tu pars avec lui? Quand?

— Demain à trois heures.

— Tu ne peux pas, cria Carrel.

Exaspérée par la volte-face de son amie, Maggie éloigna le téléphone de son oreille.

— Même si je dois en rester définitivement sourde, explique-moi pourquoi tu as changé d'avis. C'est toi-même qui m'as dit que j'avais besoin de ce... voyage en avion, pour m'aider à devenir un être humain équilibré. Tu es complètement...

— Tes vêtements, précisa Carrel. Tu n'as que des habits de travail, trop sérieux. Tu t'embarques pour l'aventure, Maggie. Tu dois en saisir l'esprit, et pour ce faire transformer ta garde-robe. Tu as toujours l'air si... « honnête ».

— J'ai d'autres vêtements.

— Je sais, je les ai vus.

D'une parole désinvolte, elle éliminait toute la garde-robe de Maggie.

Tu devrais aller faire des courses, de toute urgence. Je viendrai te chercher demain matin pour voir ce que nous pouvons faire.

Acculée, la jeune femme gémit.

— Je suis assez grande pour choisir mes vêtements toute seule.

— Pas question! Si je te laisse faire, tu vas acheter un pyjama molletonné, et un maillot du genre « années soixante »!

— Carrel! fit Maggie, les dents serrées, le ton menaçant.

— Ne me remercie pas, Maggie. Tu ferais la même chose pour moi... si tu n'avais pas si mauvais goût.

Avant que Maggie ait pu lui répondre vertement, son amie l'informait qu'elle la prendrait le lendemain matin à huit heures. La jeune femme n'avait plus qu'à s'incliner.

Alors qu'elle se préparait à aller se coucher, un sentiment d'impuissance, totalement inconnu, l'envahit. Maggie avait l'habitude de faire les choses comme elle l'entendait, mais là, tout la poussait vers Mark qui semblait la diriger à distance.

5

LE lendemain matin, à 8 heures pile, Carrel frappait à la porte. Résignée, Maggie alla ouvrir comme un prisonnier affronte le peloton d'exécution. Ce fut une explosion d'enthousiasme qui entra!

Durant les quatre heures qui suivirent, la jeune femme fut traînée de boutique en boutique. Dans l'esprit de Carrel, Maggie aurait à se changer d'heure en heure. Sur son insistance, elle acheta une microscopique nuisette de soie melon, ornée d'une dentelle écrue et le peignoir long assorti. A la suite de quoi, elle sombra dans une sorte de coma bienheureux qui la mit à l'abri de tout autre choc. Elle recouvra cependant suffisamment ses esprits pour refuser catégoriquement de décolorer ses cheveux en blond platine!... mais dut subir une armée d'experts qui lui passèrent de la crème, la massèrent et lui soignèrent les mains.

A midi et demi, elles se retrouvèrent installées dans le salon de thé d'un grand magasin. Etourdie, Maggie demanda :

— Fais-tu cela chaque fois que tu rencontres un nouvel homme?

— Ce n'est pas nécessaire, ma chérie. Je prends soin de mon corps comme d'un instrument bien accordé et les hommes m'en sont éternellement reconnaissants. Je suis sûre que tu ne sais même pas que tu as un corps, ajouta-t-elle avec un sourire.

— Oh! mais si! Je le nourris, le baigne et l'habille. Le reste est-il vraiment nécessaire?

— C'est bien ce que je disais. Hier, tu reconnaissais que tous les hommes levaient la tête sur notre passage, Lilian et moi. As-tu déjà fait attention à leurs regards, quand tu passes près d'eux?

— Moi? demanda Maggie, étonnée. Tu es folle! Quand je suis avec toi ou Lilian, je ressemble à une gamine.

— Quelle bécasse! Comme tu n'as pas des formes épanouies tu penses que tu n'es pas désirable.

Au grand dam de la jeune femme, Carrel, indignée, élevait la voix.

— Si tu t'habillais de façon plus sexy, les hommes tomberaient à tes pieds. J'ai bien vu leur réaction lorsqu'ils entendent pour la première fois ta voix sensuelle et rauque. Ils commencent par t'écouter, puis ils oublient de le faire pour t'imaginer nue.

Incrédule, Maggie secoua la tête.

— Cela n'a pas de sens, Carrel. Si ce que tu dis est vrai, pourquoi Dave m'a-t-il invitée une seule fois et s'est ensuite tourné vers Lilian? A-t-il été rebuté par mes vêtements?

— Si un homme est assez courageux pour aller au-delà de ton apparence, c'est le sérieux de ton cerveau qui l'arrête. Tu agis comme un ordinateur. Tu es une femme d'affaires avant tout. Si tu avais vraiment voulu Dave, tu aurais fait le nécessaire pour cela. Tu es le meilleur expert des ventes de cette société, Maggie, mais lorsqu'un homme sort avec une femme, il veut être considéré comme tel et pas comme un collègue de bureau.

— Tu veux dire qu'une femme doit bêtifier pour intéresser un homme? Je croyais que ces temps étaient révolus. Les êtres humains ne sont-ils donc pas plus que des acteurs sur cette scène qu'est la vie?

— Voilà deux ans que tu vis hors du monde et tu commences seulement à ouvrir les yeux. Oublie tout ce que tu as lu sur la nouvelle égalité. Tu es dans la réalité. Les relations entre hommes et femmes ne changent pas. Ces comportements, que tu méprises, font partie de la nature. Regarde les paons : lorsque l'un d'eux fait la roue pour montrer le beau plumage dont il est si fier, crois-tu qu'il s'intéressera à la paonne qui lui dira : « Oui, c'est bien joli, mais es-tu aussi habile à construire un nid? » Non, c'est la paonne qui bat des cils et qui reste muette d'admiration qu'il suivra.

Pendant une minute, Maggie joua avec sa cuiller, puis elle regarda le visage sérieux de Carrel.

— Les paonnes ont-elles des cils?

Maggie évita de justesse la serviette de la jolie rousse, et eut un sourire désenchanté.

— Je comprends ton point de vue et je suppose que tu as raison, mais c'est un peu décevant. Cela me semble malhonnête. Si j'admire sincèrement un homme, je veux pouvoir le lui dire sans artifices.

Pensive, elle émiettait son pain dans son assiette.

— J'ai compris le langage des yeux. Tu regardes un homme de façon à lui faire comprendre qu'il est unique, et il te répond de la même façon. Mais ce n'est pas sincère. Tout est programmé.

— Cela peut te sembler artificiel, mais les gens concernés y croient. Je ne te conseille pas de jouer la stupidité, comme Lilian, mais il y a un juste milieu. C'est simplement une histoire de compromis. Il faut donner aux hommes ce dont ils ont besoin, pour recevoir ce dont tu as besoin, toi. Que cela te convienne ou pas, tu vis dans ce monde. Tu peux soit te joindre au jeu, soit attendre jusqu'à ce que tes cheveux blanchissent de rencontrer un homme qui pense comme toi.

Puis, repoussant son assiette, Carrel appuya ses coudes sur la table, les mains sous le menton.

— Et maintenant que j'ai fait mon possible pour t'aider, explique-moi tout ce qui s'est passé.

Un peu mal à l'aise d'avoir à parler de Mark, Maggie commença son récit. Elle l'avait relégué à l'arrière-plan de ses pensées et redoutait ce qui arriverait si elle analysait ses propres doutes. Très attentive, Carrel but chacun des mots de la version expurgée que Maggie lui fit du week-end précédent.

Dès qu'elle lui eut rapporté l'apparition soudaine de Mark, la veille au soir, Carrel soupira profondément. Ses yeux bleu clair trahissaient son envie et son excitation.

— Il est parfait, Mag. C'est exactement ce dont tu as besoin. C'est Mark Wilding et personne d'autre qui te fera ressentir à quel point tu es séduisante et désirable. Peu importe qu'il ne soit pas ton type. Il fera s'épanouir ta féminité de sorte que ton chevalier sur son blanc destrier te reconnaîtra dès son arrivée.

Curieuse, Maggie remarqua :

— C'est la deuxième fois que tu me parles d'un

chevalier. Ai-je l'air de chercher quelque chose d'aussi chimérique? Ce que j'attends d'un homme te semble donc irréel? Je détesterais penser que je ne suis pas capable de me débrouiller avec un homme en chair et en os.

— Bon sang, Maggie! Quand cesseras-tu de vouloir être Mlle Parfaite? Pour l'amour de Dieu, accepte un défaut de temps en temps. Ne t'a-t-on jamais appris qu'une personne parfaite nous mettait mal à l'aise, nous autres pauvres rustres. Marche d'un pas traînant, oublie de te laver les dents, n'importe quoi, mais arrête de prétendre à la sainteté.

Stupéfaite, Maggie essayait d'assimiler les paroles énergiques de son amie. « Est-ce que je mets mes amis mal à l'aise? Parce que je veux être aussi bien que possible, ils pensent que je suis meilleure qu'eux? »

Un juron de Carrel interrompit le cours de ses pensées.

— Voilà que je t'ai donné un autre souci! Oublie ce que j'ai dit. Tu n'as pas le temps de combattre un travers, aujourd'hui. Il est déjà une heure et tu dois préparer tes bagages.

— Préparer mes bagages?

Déconcertée, Maggie la fixa; puis le présent lui revint à l'esprit.

— Mes bagages! Seigneur!

Les mains moites, elle se leva puis s'arrêta.

— Carrel, dit-elle, les yeux sur la moquette, je dois faire ma valise pour partir en avion vers un lieu inconnu, avec un homme qui m'est étranger. Es-tu sûre que ce soit bien moi? Je me sens si bizarre, comme si tout cela arrivait à quelqu'un d'autre. Es-tu certaine que j'agis comme il faut?

— Absolument.

Elle la prit par le bras et l'entraîna.

— Et ne recule pas au dernier moment. Considère-le comme une dose d'huile de foie de morue. Il est nécessaire à ta santé mentale.

Cette comparaison fit rire Maggie et la détendit malgré elle.

— D'accord, je ne reculerai pas, mais... Que dois-je faire s'il est... Je veux dire s'il désire...

— Maggie, espèce de bébé! Ne me dis pas que tu as peur qu'il t'emmène à Saint Thomas pour cela. Tu es stupide; tu as passé la nuit avec lui dans une cave toute noire. Il avait tout le loisir de te barbouiller de confiture ou de faire n'importe quelle excentricité qui lui serait passée par la tête.

Elle s'arrêta pour la regarder sévèrement.

— A-t-il fait quelque chose qui t'ait dégoûtée ou gênée?

Cette question fit surgir à l'esprit de Maggie une image très nette : elle-même dans les bras de Mark. Une vague de chaleur envahit son corps au souvenir de la douceur de ses caresses, et la fit légèrement rougir.

— Non, bien sûr. Et tu as raison; je suis stupide.

Arrivées à l'appartement, elles déchargèrent les paquets du coffre de la voiture et, pour la première fois, Maggie se demanda ce qu'elle avait acheté. A part la nuisette, dont elle se souvenait fort bien, elle n'avait aucune idée du reste.

— Carrel, combien ai-je dépensé exactement, aujourd'hui?

— Ne t'inquiète pas, fit celle-ci avec un haussement d'épaules, cela en valait la peine. De plus, je me suis laissé dire que le beurre d'arachide était très nourrissant...!

Laissant Carrel trier leurs achats, elle alla chercher ses valises. Lorsque son amie les vit, elle resta en arrêt.

— Maggie, c'est horrible! Elles datent de la Seconde Guerre mondiale. Si tu me l'avais dit, nous aurions pu en acheter d'autres.

— Elles sont très bien, très résistantes. Mes parents me les ont offertes lorsque je suis partie au collège.

— Il y a treize ans de cela! Elles sont cabossées. Ce n'est pas le genre de valise que l'on prend pour s'envoler vers l'aventure. Ce serait plutôt pour partir en car chez tante Marthe!

— Alors cela me convient. Si je peux aller, elles iront aussi, rétorqua Maggie, obstinée.

— D'accord, ne te fâche pas. Je voulais simplement que tu sois superbe, Maggie! La routine dans laquelle tu t'encroûtes n'est qu'une simple habitude, et tu vas commencer à en adopter d'autres, moins ennuyeuses.

Une étrange expression traversa le visage de Carrel qui se dirigea nerveusement vers la fenêtre. Pendant un instant, elle resta silencieuse puis se tourna vers son amie.

— Au salon de thé... je ne voulais pas dire...

— Ne t'excuse pas, Carrel, l'interrompit Maggie, sensible à son embarras, tu sais que tu peux tout me dire.

— Je sais, mais je ne voudrais te faire de la peine pour rien au monde.

Après avoir hésité, elle ajouta :

— Nous avons chacune notre névrose. Tu examines toujours soigneusement tes motifs pour faire en sorte que tes actes soient logiques et justes. Et moi, je me sens tellement peu à la hauteur; chaque fois que tu viens à bout d'un de tes défauts, j'ai l'impression de ne pas valoir grand-chose.

A cette confession inattendue de Carrel, Maggie s'assit lentement sur le lit.

— Mais tu es la personne la plus solide que j'aie jamais rencontrée — à part Mark. Tu es belle, intelligente, spirituelle et tu dégages une telle assurance!

— Ce n'est que du bluff, rétorqua Carrel en haussant les épaules. Cela fait des années que j'ai commencé. Je me suis dit que si les autres pensaient que j'étais sûre de moi, cela deviendrait peut-être vrai.

Et, comme frappée d'une pensée soudaine, elle ajouta :

— Mark fait peut-être aussi du bluff!

— Non, répliqua Maggie. Son assurance fait partie intégrante de sa personne. Depuis sa naissance, il sait exactement qui il est et ce qu'il veut. Et si, à l'occasion, il l'oubliait, des douzaines de femmes seraient prêtes à le lui rappeler. Tu comprendras ce que je veux dire quand tu le rencontreras.

— Je suppose que tu as raison. De toute façon nous n'avons le temps de faire ni l'analyse de Mark, ni la mienne. Allons, ma vieille, dépêchons-nous.

Dans la demi-heure qui suivit, rires hystériques et cris de frayeur se succédèrent. Carrel termina les valises pendant que Maggie se douchait.

Elle s'habillait lorsque l'on sonna. Tout mouvement cessa dans la chambre, et les deux jeunes femmes se regardèrent.

— Veux-tu que j'aille lui ouvrir?

Carrel essayait de prendre un ton nonchalant. Maggie acquiesça, les paumes moites, et la regarda s'éloigner. Puis, rapidement, elle enfila sa veste, ses sandales de cuir, afficha un courageux sourire et se dirigea vers le salon.

Mark lui tournait le dos, riant doucement au bavardage de Carrel. Etait-ce la nuit dernière, seulement, qu'il lui faisait la cour dans cette pièce? Elle avait l'impression de l'avoir rêvé. Mais sa haute silhouette était trop solide, trop réelle, pour n'être qu'un songe.

Comme s'il devinait sa présence, Mark se retourna. Puis il lui tendit la main. Une fois de plus, le marionnettiste invisible tira les ficelles et Maggie posa sa main dans celle qu'on lui tendait.

— Bonjour, Maggie Simms.

Au son de sa voix, des étincelles électriques la parcoururent, jusqu'au bout des doigts.

— Bonjour.

Le ton employé avait donné au mot plus d'intimité qu'elle ne l'aurait voulu. Elle souhaita l'effacer et donner à leur rencontre un aspect plus désinvolte. Mais les yeux de Mark la tenaient clouée sur place. Elle ressentait comme une caresse l'éclat argenté de son regard.

Réalisant soudain qu'elle serrait toujours sa main, elle la retira et détourna la tête, juste au moment où la voix de Carrel lui parvenait :

— Non, vraiment, disait celle-ci sans avoir d'interlocuteur, je ne peux pas rester, ce n'est pas la peine d'insister. J'ai promis à ma voisine de lui rapporter du dentifrice, et je dois y aller.

Riant doucement aux bêtises de son amie, Maggie l'accompagna jusqu'à la porte.

— Maggie, lui chuchota Carrel, il est charmant. Si je n'étais pas certaine qu'il s'en aperçoive, je t'enfermerais dans le placard pour prendre ta place.

La jeune femme referma la porte derrière elle et prit une profonde inspiration.

— Eh bien...

Elle avait voulu adopter un ton gai et jovial, mais il semblait plutôt affolé et grinçant. Aussi recommença-t-elle :

— Eh bien, Mark, que faisons-nous maintenant?

Sans lui laisser le temps de répondre, elle alla jusqu'au milieu du salon et enchaîna :

— Tout cela est nouveau pour moi... tout du moins le voyage en avion... Ce que je veux dire, c'est que je n'ai jamais fait une chose pareille et...

Les poings serrés, elle ferma les yeux.

— Mon Dieu, murmura-t-elle, ne me laissez pas dire ce que je ne veux pas dire.

Elle leva les paupières pour regarder vers le ciel. Puis, se tournant vers Mark :

— Je suis prête, assura-t-elle fermement.

Pendant un bref instant, son compagnon resta silencieux. Il lui adressa un sourire compréhensif et s'approcha d'elle. Il l'étreignit dans ses bras puissants et elle se blottit contre lui dans la chaleur de son corps.

— Pauvre petite fille, chuchota-t-il. Ne vous en faites pas. Tout ira bien, je vous le promets.

— Oh! Mark, gémit-elle, je suis un âne!

— Oui, mon cœur, mais le plus bel âne que j'aie jamais vu. Cela va mieux? dit-il en lui soulevant le menton.

D'un sourire, elle le rassura.

— Allons-y. Le ciel bleu et l'exaltation nous attendent derrière l'horizon, ma chérie.

— Je ne pense pas que mes nerfs puissent supporter une dose supplémentaire d'exaltation, murmura-t-elle faiblement, ce qui fit rire Mark.

«Quel rire séduisant!» Ce fut la dernière pensée lucide qu'elle eut, pour un bon moment.

A partir de cet instant, tout s'enchaîna trop vite pour qu'elle puisse réfléchir. Un jeune homme enthousiaste les conduisit à l'aéroport régional où ils furent reçus par de jeunes personnes enthousiastes, derrière leur comptoir. Celles-ci les dirigèrent vers d'enthousiastes jeunes hôtesses de l'air. De plus en plus nerveuse au fur et à mesure que le temps passait, Maggie souffrait en silence de leur exubérance, et arborait un sourire vide et figé.

Après le décollage, le steward leur proposa à boire, ce que Maggie accepta avec reconnaissance.

— Je prendrais volontiers de...

— ...de la limonade, coupa Mark calmement, mais énergiquement.

Les yeux de la jeune femme s'agrandirent au souvenir de sa promesse de la veille et elle avala difficilement sa salive.

— Vous me semblez un peu nerveuse, Maggie. Quelque chose ne va pas?

— Non... Bien sûr que non. C'est seulement...

Elle se sentait désespérément manipulée — par tout cet enthousiasme, par les yeux souriants de Mark.

— Tout le monde est tellement joyeux, c'en est odieux!

Sa plainte était plutôt déraisonnable!

— Je suis désolé, dit-il. Si cela peut arranger les choses, je suis prêt à me lever pour faire un discours sur la guerre ou la famine.

Le commentaire désobligeant qu'elle fit de sa proposition fut heureusement étouffé par les rires d'autres passagers derrière eux. Il lui semblait être au cœur d'une conspiration bien organisée tendant à lui faire croire que tout ce qui lui arrivait était parfaitement normal, même si elle ne s'en rendait pas compte.

Le brouillard qui l'enveloppait depuis le matin s'élevait enfin.

« C'est fou, pensait-elle. Pourquoi suis-je là? Que faire maintenant? »

Si seulement ils étaient seuls, tous les deux. Lorsque Mark la tenait dans ses bras, tout allait bien. Ce voyage en avion, ce n'était pas son style. Elle n'avait jamais été impétueuse, et agir de la sorte troublait son esprit méthodique.

Cependant, d'après Carrel, ce n'était pas sa nature, mais une habitude contractée des années auparavant. De toute façon, que cela soit vrai ou pas ne servait à rien, sauf à repousser l'inévitable. Elle n'avait qu'à accepter la situation et continuer ainsi. Cette décision calma un peu sa panique. Quel soulagement de n'avoir rien à entreprendre!

Elle s'appuya contre le dossier et tourna la tête vers l'objet de son tourment. Confortablement installé, Mark avait fermé les yeux.

Au repos, ses traits étaient encore plus frappants. Il aurait pu être acteur ou mannequin. Son regard descendit sur ses puissantes épaules et sa poitrine. Son costume lui allait comme une seconde peau. Impossible de l'imaginer dans des vêtements moins coûteux. « Même pour se reposer, il doit porter un smoking », pensa Maggie en souriant.

Il ouvrit les yeux, mit sa main contre la sienne, les

tournant d'un côté, puis de l'autre, comme fasciné par leur différence de taille.

Maggie retira sa main. Un peu sarcastique, elle lui demanda :

— Je croyais que les riches séducteurs possédaient leur propre avion.

— Vous êtes vraiment pleine d'idées préconçues. En fait, j'en ai un tout petit. Mais comme j'étais certain que vous ne seriez pas impressionnée, je l'ai prêté à John. Ai-je eu tort? Auriez-vous été impressionnée?

— Non, admit-elle franchement.

— Bien. Je n'aurais pas aimé faire une erreur de tactique au début de nos relations.

Nos relations, répéta Maggie intérieurement. Pourquoi disait-il cela? Si seulement il arrêtait de faire des commentaires familiers et de la détailler si précisément, elle parviendrait peut-être à conserver son calme jusqu'à l'hôtel.

Mais il ne la quitta pas des yeux. Même quand elle fit semblant de dormir. Elle sentait la flamme argentée de son regard la traverser comme les rayons brûlants du soleil d'été.

Lorsque l'avion atterrit, il la regardait toujours en souriant.

Dans l'esprit torturé de Maggie, ce sourire prenait des proportions dramatiques. A l'arrière du taxi, un tremblement agitait son corps fatigué. Elle regarda par la vitre : la voiture gravissait une route sinueuse, traversant un quartier qui semblait résidentiel.

— On doit avoir...

Les mots avaient du mal à passer sa gorge.

— ...On doit avoir une belle vue depuis l'hôtel, s'il se trouve au sommet de cette colline.

— L'hôtel?

— L'hôtel où nous allons.

Soudain, une pensée terrifiante lui vint à l'esprit.

— Nous ne séjournerons pas à l'hôtel?

— Non, pas du tout.

Arrivés à destination, ils descendirent avec leurs bagages et le taxi repartit. Maggie restait abasourdie. « Que se passe-t-il? » pensait-elle, désorientée. Chez elle, il avait été si charmant, si attentif. Soudain, il semblait sorti tout droit d'un film d'horreur. Pourquoi l'emmenait-il dans cette propriété privée?

— Maggie...

Sa voix était sérieuse. Terriblement sérieuse.

— ...Je souhaite que vous vous sentiez bien, ici, mais il y a une chose que je ne tolérerai pas; alors écoutez-moi attentivement. N'entrez jamais dans la pièce au bout du couloir, ma toute belle. Dix de mes épouses y sont enchaînées!

Les yeux fermés, elle poussa un profond soupir, puis, soulevant les paupières pour lui lancer un regard furibond, elle chuchota rageusement d'une voix à peine audible :

— Ignoble personnage, misérable ver de terre!

Menaçante, elle se dirigea vers Mark. Appuyé contre la porte, il était secoué d'un rire incontrôlable.

— Vous l'avez fait exprès!

— Allons, Maggie.

Il la prit dans ses bras.

— Soyez raisonnable! On dirait que vous allez entrer dans le château de Barbe-Bleue.

Et avec un sourire enjôleur, il ajouta :

— J'ai cédé à un instinct irrésistible.

82

— Bien sûr! dit-elle, les dents serrées. Je suis tout à fait raisonnable. Je comprends parfaitement les instincts irrésistibles, car maintenant, cela me donne un droit : celui de vous frapper.

— Non! Pas ici. Paul m'en voudrait si nous faisions des dégâts.

— Paul?

— Le propriétaire de cette maison. Il me la prête quand je viens pour affaires. Même si lui-même y vient rarement, je suis certain que ce que nous casserions lui manquerait.

— Oh,! cela suffit!

La colère de Maggie diminua, la laissant épuisée.

Inquiet, Mark fronça les sourcils devant ses yeux fatigués.

— Vous paraissez éreintée, Maggie, et mes ridicules clowneries ne vous aident en rien. Voulez-vous manger quelque chose? Ou prendre un bain chaud?

Cette dernière proposition était tentante.

— Un bain, s'il vous plaît.

Après lui avoir indiqué une porte, Mark la suivit avec les valises dans une grande chambre spacieuse. Il alluma, ce qui eut pour effet, dans son imagination délirante, de mettre en vedette un énorme lit à baldaquin.

— La salle de bains est là, dit-il avec un geste nonchalant. Vous devriez y trouver tout ce qu'il vous faut.

Ouvrant sa valise qu'il avait posée sur le lit, Maggie en sortit sa chemise de nuit. Elle leva les yeux vers Mark et porta le léger vêtement à sa poitrine, comme pour se protéger.

— Je suis sûre que je vais trouver ce dont j'ai besoin.

Nerveusement, elle s'humecta les lèvres.

Il sortit d'un placard un peignoir gris pâle.

— Je vais prendre une douche et... je pense que j'irai me coucher, lui dit-il, simulant un bâillement.

6

MAGGIE se dirigea vers la salle de bains où elle s'enferma à clé. Le délai était expiré et l'inévitable ne pouvait être repoussé.

Quelques instants plus tard, elle se plongeait dans la large baignoire, sans accorder aucune attention aux élégants accessoires. Elle n'avait qu'une idée en tête : Mark. Mark appuyé contre le chambranle du lit. Mark qui s'étirait en l'observant intensément.

Quel dommage que rien ne se soit passé la veille, au moment où ses doutes étaient temporairement apaisés. Pourquoi faire durer l'attente jusqu'à ce que ses nerfs soient sur le point de lâcher? Pourquoi...?

« Réfléchis un peu, Maggie », se reprit-elle. Quelle injustice de jeter le blâme sur Mark. Elle avait pris elle-même la décision de l'accompagner. Il n'y était pour rien si elle perdait maintenant son sang-froid; il n'avait aucune idée de ce qui l'avait poussée à venir. De toute façon, cela n'avait plus d'importance. Elle était là et elle était assez grande pour accepter les conséquences de ses actes.

Résolue, Maggie sortit de la baignoire et s'enveloppa d'une serviette. Après s'être séchée, elle enfila la légère nuisette et le peignoir puis se tourna vers le miroir.

Un cri de surprise lui échappa et elle ferma les yeux. Cette femme à demi nue ne pouvait être Maggie Simms. Il lui serait impossible de poursuivre cette mascarade. Ouvrant à nouveau un œil, elle regarda son reflet, pleine d'espoir — mais il n'avait pas changé.

Pensive, elle se laissa tomber sur le tabouret recouvert de satin en mordillant ses ongles manucurés. Un nouveau coup d'œil vers la glace, par-dessus son épaule, ne fit que confirmer sa première impression.

— Bien sûr, murmura-t-elle tranquillement, peu importe ce que j'ai sur le dos, puisque je ne vais pas le garder longtemps.

Mais cette pensée ne la réconforta pas du tout, et une vague de chaleur l'envahit. Pourquoi n'avait-elle pas la silhouette de Carrel? Avec un corps pareil, elle aurait pu résister. Mais le sien était si... si peu à la hauteur!

— Cependant, soupira-t-elle, il l'a déjà vu presque entièrement. Ce n'est pas comme s'il allait me regarder et frémir d'écœurement.

Les coudes sur les genoux, le menton dans les mains, elle poursuivit.

— Mais rien ne s'est encore passé entre nous. Et si...

Elle s'arrêta brutalement, le corps secoué d'un hoquet.

— Oh non, non! Pas maintenant!

Depuis son enfance, Maggie luttait contre cette affection humiliante et en avait beaucoup souffert au cours de son adolescence. Plus tard, les crises s'étaient espacées et elle avait appris à contrôler les spasmes par des exercices respiratoires. Aujourd'hui elle s'était trop affolée pour penser aux possibles conséquences. Cela ne lui était pas arrivé depuis des années, aussi s'était-elle laissé faussement bercer par un sentiment de sécurité. Une crise durait en moyenne vingt-quatre heures, et rien ne pouvait l'arrêter.

— Voilà bien ce qu'il me fallait, murmura-t-elle, désespérée.

Elle parvenait simplement à en dissimuler les effets, par de fréquents arrêts dans sa conversation.

— Maggie, ma chérie.

La voix de Mark à travers la porte fermée la fit sursauter.

— Allez-vous sortir ce soir de la salle de bains, ou pensez-vous la prendre en location?

La jeune femme alla appuyer son front sur la porte.

— Mark? murmura-t-elle, hésitante.

— Oui, mon cœur?

— Mark, j'ai peur.

— Mais il n'y a rien qui puisse vous faire peur, princesse. Sortez et nous allons en discuter.

Maggie soupira profondément.

— Mark? chuchota-t-elle à nouveau.

— Oui, répondit-il, avec cette fois un soupçon de rire dans la voix.

— Voulez-vous... vous mettre de l'autre côté de la pièce avant que... je sorte.

— Certainement.

Quelques instants plus tard, il reprit d'une voix plus faible.

— Vous pouvez venir, maintenant, Maggie.

Elle ouvrit la porte et jeta un coup d'œil dans la chambre faiblement éclairée. On n'y voyait pas trace de Mark. Intriguée, elle avança et se retourna d'un bond en entendant la porte claquer derrière elle.

— Mark! Vous aviez dit que vous resteriez... de l'autre côté.

Le dos à la salle de bains, il contemplait son corps à peine vêtu.

— J'ai menti, déclara-t-il, sans façon. Bon sang, vous êtes belle, comme cela.

— Non, on dirait un déguisement.

— Vous êtes belle, insista Mark. Maintenant, que se passe-t-il?

— Mark, j'ai réfléchi. Je comprends que je n'ai pas été loyale envers vous... et je voudrais vous expliquer. Toute cette histoire est vraiment stupide.

Si seulement il comprenait l'ironie de la situation!

— A mon bureau, il y a un homme... qui m'intéressait. Or il m'a traitée de scout... Alors, je suis ici, parce que je suis fatiguée de mon image. Vous ne voudriez pas de moi... dans ces conditions, n'est-ce pas?

— Bien sûr que si, répliqua Mark sans hésiter, en faisant un pas vers elle.

— Mark! hurla-t-elle en reculant.

— Je plaisantais, Maggie. Vous n'avez pas à faire ce que vous ne voulez pas faire, affirma-t-il un sourire aux lèvres, les yeux rivés sur la mince silhouette.

Son regard admiratif résonnait plus fort que ses mots.

— Allez-vous arrêter de me fixer comme cela? Ce n'est pas moi, gémit Maggie.

Soulevant le bord en dentelle de son peignoir, elle dévoila une cuisse.

— Ces affaires sont stupides. La robe de chambre ne se ferme... même pas. Cela ne sert qu'à aiguiser... la convoitise des hommes.

— Cela y réussit fort bien, murmura Mark en contemplant la jambe galbée de sa compagne.

Il rit doucement lorsqu'elle fit demi-tour pour s'éloigner de lui.

— Il ne faut pas considérer les choses comme cela, Maggie. A quoi sert un sourire? A rien, si ce n'est que celui qui le fait se sent bien, et celui qui le voit aussi.

Il se dirigea vers elle, la prit par les épaules et l'entraîna vers la psyché, dans un coin de la pièce. Là, il lui fit lâcher son peignoir.

— La beauté n'a pas besoin d'explication, Maggie.

Elle regarda leur reflet dans le miroir. Celui de son compagnon l'hypnotisa à tel point qu'elle en négligea la beauté de sa propre image. Ses cheveux blonds étaient encore humides de la douche et son peignoir était entrouvert sur sa large poitrine. C'était cela la beauté. Une beauté virile, puissante, que ses costumes luxueux atténuaient.

Leurs yeux se rencontrèrent dans la glace.

— Oui, murmura-t-elle, je vois ce que vous voulez dire.

Elle vit aussi le désir qui se manifestait dans son regard gris acier. Et soudain, au lieu de se sentir intimidée, un calme étrange l'envahit.

— Mark, je...

Un hoquet particulièrement violent la secoua. Résignée, elle ferma les yeux, tandis que Mark la contemplait, stupéfait.

— Maggie? Que diable...

— C'est ce sacré hoquet, gémit-elle. C'est une chose... abominable. Cela ne m'était pas arrivé depuis... des années, et j'espérais être guérie.

Malheureuse, elle inclina sa tête sur la poitrine du jeune homme.

— Quand j'étais adolescente, cela me prenait... une fois par semaine. Lors de ma première sortie, mon copain a eu droit non seulement à des paumes moites, mais à une crise de hoquet. Chaque fois que j'étais nerveuse, cela recommençait. Et le sentir venir me rendait encore plus nerveuse.

La prenant dans ses bras, Mark lui passa gentiment la main dans les cheveux.

— Pauvre petite princesse! Quitter votre confortable cocon pour m'accompagner a tout déclenché à nouveau.

Elle effleura sa joue d'un baiser.

— Ne vous en faites pas. Tout ira bien. Je dormirai dans une autre chambre si vous voulez.

— Vous le feriez?

— Oui. Pas par plaisir, mais si cela peut vous réconforter, je le ferai.

— Je ne peux pas y croire. Vous êtes venu ici dans l'espoir de... faire l'amour avec une femme consentante, épanouie, et vous n'êtes pas en colère à l'idée de devoir dormir seul.

A cette constatation, Mark, frustré, ferma les yeux.

— Ne tirez pas trop sur la corde, Maggie. C'est déjà assez dur, sans que vous me rappeliez ce que je manque.

Il leva les paupières.

— Et si vous ne vous écartez pas de moi rapidement, je vais vous embrasser, en dépit de mes bonnes intentions.

Prenant soudain conscience de son corps vigoureux contre le sien, elle posa sa main sur sa poitrine.

— Je ne crois pas qu'un petit baiser serait dangereux, murmura-t-elle.

— Ah non?

Sa voix était étrangement tendue.

— Bien sûr, vous n'êtes pas obligé.

Ses derniers mots se perdirent dans un baiser exigeant. Mark releva la tête une fraction de seconde.

— Vous comprenez, maintenant?

— Oui.

Hors d'haleine, Maggie resta immobile, incapable de rompre le charme que ses lèvres avaient tissé autour d'elle.

— L'idée de faire l'amour avec moi vous a énervée au plus haut point, Maggie.

Ses doigts s'attardèrent doucement sur son cou et sa bouche effleura son oreille.

— Nous ne voudrions rien faire qui puisse aggraver l'état de vos nerfs, n'est-ce pas?

Avec un profond soupir, elle releva la tête pour laisser Mark lui embrasser le cou.

— C'est vrai.

Passant ses mains derrière son dos, il caressa le bas de ses reins tout en la serrant davantage contre lui.

— Nous devons arrêter maintenant, n'est-ce pas?

La tête blottie contre lui, elle déposa de petits baisers sur sa poitrine.

— Oui, chuchota-t-elle.

Prenant une profonde inspiration, Mark la saisit par les épaules et l'éloigna de lui.

— Maggie, vous êtes sobre aujourd'hui. Votre décision sera donc raisonnée. Si vous voulez bien de moi, je resterai. Sinon, je dois le savoir maintenant, avant de perdre le contrôle de moi-même.

La balle était dans le camp de la jeune femme.

Seulement, Maggie ne voulait pas réfléchir. Elle souhaitait que les délicieuses sensations continuent jusqu'à ce que son corps la domine, lui interdisant toute pensée sensée.

Elle marcha jusqu'à la fenêtre.

L'esprit confus, elle appuya la tête contre la vitre froide et soudain, comme si c'était écrit dans le ciel étoilé, elle sut qu'il n'y avait pas d'alternative. Elle désirait Mark plus qu'elle n'avait jamais désiré personne. Elle savait, sans l'ombre d'un doute, qu'il la comblerait.

Frémissante, elle alla éteindre; la pièce n'était plus éclairée que par la lune. La respiration de Mark se fit plus forte au bruissement du peignoir qui tombait sur le sol.

Arrivée devant lui, elle enleva sa nuisette et posa les mains sur la poitrine de Mark.

Un gémissement lui échappa et il l'étreignit contre son torse nu, les bras serrés autour d'elle.

— Mon Dieu, dit-il d'une voix âpre, j'ai cru que je devrais vous supplier à genoux.

D'une caresse rude, il encadra son visage de ses mains pour l'obliger à le regarder.

— Et je l'aurais fait, Maggie. Croyez-moi. Après

vous avoir embrassée, rien n'aurait pu me faire sortir de cette chambre.

Le ton intense, pressant, n'avait rien de comparable avec son accent habituel. Quelle émotion profonde le remuait! Cela était en désaccord avec la nature accommodante qu'elle lui avait prêtée.

Il fit un pas en arrière pour contempler le charme de sa nudité. Son regard brûlant s'attarda sur ses petits seins ronds dont les pointes se raidirent, glissa sur sa taille, sur la courbe de ses hanches et sur son ventre.

Complètement immobile, épanouie sous cette contemplation extasiée, elle sentait surgir un désir longtemps réprimé. Ses yeux s'emplissaient de la force de ses épaules et de sa poitrine.

Cette exquise torture prit fin lorsqu'il l'attira contre lui. Les battements de son cœur résonnaient contre ses seins, sa respiration se faisait haletante à son oreille. L'effet qu'elle avait sur lui l'étourdissait.

Tout à coup, il la souleva dans ses bras et la déposa sur le lit.

— Voilà une image que je n'oublierai jamais : votre corps brillant comme de l'ivoire dans la pénombre.

Impatiente de sentir son corps sur le sien, elle se souleva pour l'attirer vers elle.

Cédant à la pression de sa main sur sa nuque, il déposa de délicieux baisers sur son visage.

— Est-ce ce que tu veux, Maggie?

— Oui, Mark, murmura-t-elle, implorant la pression de sa bouche sur la sienne.

Il s'étendit à côté d'elle.

— Doucement. Nous avons tout notre temps.

Lentement, il la conduisit vers un monde fascinant de sensations; une passion aiguë battait dans son corps. Elle se plia à la magie de ses caresses.

Ses longs doigts glissaient sur elle avec légèreté et Maggie vibrait à cette symphonie de mouvements.

Lorsqu'il eut allumé le feu en elle, il la serra contre lui, épousa son corps et elle se sentit plus vivante que jamais.

Maggie reposait dans la pénombre. Elle tourna lentement la tête : elle avait l'impression que son corps flottait et que tout se passait au ralenti. Son regard glissa sur le visage de Mark : elle en étudiait chaque détail, de ses sourcils à ses yeux argent qui brillaient dans le noir, jusqu'à la petite cicatrice de son menton aristocratique.

— Es-tu sûr d'avoir bien caressé toutes les parties de mon corps? demanda-t-elle d'une voix un peu indistincte.

Son éclat de rire ébranla le lit. Il la serra contre lui avec exubérance.

— Oh! mon amour, ne cesseras-tu jamais de me surprendre et de m'enchanter?

Avec un soupir, il ferma les yeux.

Elle déposa un baiser dans la paume de sa main.

— Carrel pensait que j'étais stupide de m'inquiéter pour ce qui allait se passer cette nuit. D'après elle, tu aurais eu toute possibilité de me barbouiller de confiture faite maison si tu l'avais désiré, quand nous étions dans la cave. Elle avait raison. J'étais stupide.

Après avoir déposé un baiser sur ses lèvres chaudes, elle poursuivit :

— Mark?

— Chut!

— Désolé de t'interrompre, ma chérie, mais j'ai l'intention d'abuser d'une activité particulièrement agréable, cette nuit.

Et il acheva en chuchotant :

— J'ai perdu le peu de contrôle qui me restait lorsque ton peignoir est tombé à terre.

— Oh! Mark, soupira-t-elle, c'était magnifique, n'est-ce pas? C'était le plus...

Une pensée soudaine l'interrompit.

— Je n'ai plus le hoquet, Mark. Tu m'as guérie. Même les médecins n'avaient pas su m'en débarrasser aussi rapidement. Tu es formidable!

— Je dois avouer que tu es un peu lente. La plupart des gens arrivent à cette conclusion un peu plus vite. Mais je te pardonne!

Il vint se serrer doucement contre elle et chuchota :

— Et maintenant, finis ce que tu as commencé : c'était magnifique d'être dans mes bras?

Mais avant qu'elle n'ait pu prononcer un mot, ses lèvres étaient sur les siennes, en un renouveau de passion fiévreuse.

7

Un papillon se posa sur la joue de Maggie, ce qui la fit sourire. C'était un petit papillon jaune pâle, qui prit le temps de la saluer d'une caresse, avant de s'envoler pour des affaires plus pressantes.

Elle porta la main à sa joue, mais de longs doigts s'en emparèrent. Lentement, elle ouvrit les yeux pour regarder le visage de l'homme qui reposait à ses côtés.

— Mark, murmura-t-elle avec un sourire au souvenir de ce qui s'était passé durant la nuit. C'était donc toi, le papillon.

Les sourcils froncés, il arrêta de déposer des baisers sur ses mains pour l'examiner ironiquement.

— J'avais toujours cru que je ressemblais à un gros moustique, mais si tu me préfères en papillon, je vais faire tout mon possible.

Elle éclata de rire puis, prenant son visage entre ses mains, elle l'embrassa bruyamment. Ensuite, sautant du lit, elle ouvrit ses bras au monde et se mit à tourner sur elle-même.

— Je vole. Que m'as-tu donc fait? Je sens des

bulles de champagne pétiller dans mes veines et des rayons de soleil sortir de moi.

Avec une profonde inspiration comme s'il trouvait l'air grisant, Mark se leva aussi, lui passa les bras autour de la taille et la pressa contre lui.

— Tu m'as jeté un sort. Tu as chanté ton chant de sirène et me voilà à ta merci.

Avec un sourire, il la souleva haut dans les airs et ajouta :

— Maintenant tu es toi aussi à ma merci, tu sais donc ce que je ressens.

— Pose-moi.

Il fit semblant d'étudier sa requête et secoua lentement la tête.

— Non, je suis désolé. Je ne peux pas. Après mûre réflexion, j'ai décidé que j'aimais te voir dans mes bras.

Essayant de réprimer ses éclats de rire, Maggie déclara, l'air aussi sérieux que possible :

— Marcus Wilding, si j'étais par terre, mon genou ne serait pas d'une grande efficacité; mais dans cette position...

— Quel coup bas! Si je n'étais pas aussi magnanime, je te le ferais payer, dit-il en la reposant doucement.

— Arrogant personnage...

— Du calme, du calme.

Il alla ouvrir les rideaux et un rayon de soleil tomba sur son corps nu, le nimbant d'une teinte dorée.

— Regarde comme le monde est riant, Maggie. Il nous attend!

Et il marcha lentement vers elle.

*
* *

— Et maintenant, mesdames et messieurs, vous pouvez voir sur votre gauche des hommes d'équipage typiques, torse nu, en train de charger leur cargaison typique sur leurs bateaux typiques qui prennent l'eau. Et bien sûr... nous avons ici trois cents paquebots qui déchargent chacun leur cargaison de touristes.

Avec un haussement de sourcils, il imposa silence à Maggie qui éclatait de rire.

— Si vous écoutez soigneusement, vous entendrez le rythme mélodieux du dialecte de l'île.

Ensemble, ils se dirigèrent vers le front de mer. La rue était bordée de délicieuses boutiques qui vendaient de tout, depuis les bagages Vuitton jusqu'aux tee-shirts décorés. A un moment, ils s'arrêtèrent pour déguster du poulet frit et une boisson agréablement épicée, appelée *maubey*. Maggie trouva que le sympathique indigène qui les servait, penché sur le petit brascro, avait un bel accent chantant.

Le sourire satisfait que Mark afficha signifiait : « Je te l'avais bien dit. »

De retour à la voiture qui appartenait également à leur hôte absent, la jeune femme se sentait comblée. On aurait dit une adolescente vivant son premier amour.

Les mains puissantes, finement déliées, posées sur le volant, dirigeaient le véhicule à travers un labyrinthe de routes sinueuses qui longeaient la côte. A demi attentive aux explications du jeune homme quant à la structure socio-économique de l'île, Maggie songeait que ces mains devraient être sculptées

99

dans du bois. A leur première rencontre, elle aurait pensé que le marbre était plus approprié à sa nature. Mais maintenant, elle savait que la pierre était trop froide pour lui.

Elle devait bien reconnaître qu'elle était amoureuse de Mark. Comment faire autrement? Il l'avait éveillée à la vie. Il l'avait pour la première fois révélée à elle-même et elle était comblée.

Cependant, leur intimité, la qualité magique de ces instants ne pouvait pas, d'après elle, se prolonger au-delà de l'aéroport de Dallas. Le rêve s'éteindrait lundi, lorsque la réalité ôterait les étoiles de ses yeux. Mais cela n'altérait en rien ce qu'elle ressentait pour lui à ce moment précis.

Toute la journée, elle avait senti cette fièvre croître en elle. Sur le pont d'un voilier, devant l'île Saint John, en nageant dans la mer turquoise et même dans ce petit café où elle avait attendu qu'il règle ses affaires, elle l'avait sentie se développer.

— Est-ce mon explication sur la fabrication du rhum qui t'a mise dans cet état? Je ne t'entends pas ronfler, mais je jurerais que tu dors.

Interrompue dans ses réflexions par la voix profonde de son compagnon, elle le regarda et lui dit :

— Je t'aime bien, Mark.

Garant la voiture sur le bas-côté, il l'observa avec une telle intensité que l'atmosphère s'en altéra. Il tendit la main vers son visage pour lui caresser doucement la joue.

— C'est un début, chuchota-t-il.

Son regard était empli de gaieté.

— T'ai-je convertie, ou non?

Son humeur changeait si rapidement qu'il en était

difficile à suivre. Il fallait qu'elle s'en souvienne, pour y réfléchir plus tard.

— Je n'appellerais pas cela une conversion, mais plutôt un lavage de cerveau, dit-elle en riant.

— Je refuse de discuter ce point de vocabulaire. De toute façon, cela n'a pas d'importance. Ce qui en a, c'est qu'une fois de plus, je suis vainqueur.

— Et une fois de plus, ton humilité est remarquable, railla Maggie.

— Exact.

Ils reprirent le chemin de leur paradis emprunté, dans l'obscurité naissante. Maggie entra dans la maison pendant qu'il garait la voiture. La veille, les ombres du couloir avaient évoqué pour elle des spectres. Elle se rappela soudain que les seules pièces qu'elle ait vues clairement étaient la chambre et la salle de bains.

Elle se dirigeait vers le salon, lorsqu'elle entendit la porte d'entrée se refermer. Comme la nuit précédente, Mark était appuyé contre le chambranle. Une fois de plus, son humeur avait changé. Sans un mot, il l'observait. Son pouls s'accéléra. Obéissant à sa silencieuse prière, elle s'avança vers lui.

— Cela fait des années — non, des siècles, que je ressens ta magie.

— Oui, murmura-t-elle.

Sans un mot, il la prit par les épaules et les amants se dirigèrent vers la chambre. Toute parole était inutile. La soulevant dans ses bras, Mark la porta sur le lit.

Il leur semblait se connaître depuis toujours. C'était comme une lumière au bout du tunnel; comme se retrouver en pays connu après avoir longtemps erré; comme rentrer à la maison.

Plus tard, blottie dans le creux de son bras, elle écouta sa respiration. Elle était plus émue qu'elle ne voulait l'admettre. Quelque chose d'extraordinaire lui était arrivé. Quelque chose de très difficile à expliquer. Elle ne pouvait pas — ne voulait pas — affronter cela maintenant. Essayant de prendre un ton désinvolte, elle demanda :

— Raconte-moi ta vie, Mark. Je ne sais presque rien de toi.

— Il n'y a pas grand-chose à en dire, prononça-t-il lentement, comme si, lui aussi, avait du mal à revenir sur terre. Ma mère est morte quand j'avais cinq ans et c'est mon grand-père, le vieux Marcus, qui m'a élevé. Dès l'âge de quatorze ans, il a entrepris de me former pour prendre sa suite à la tête de son empire — travail qui ne me convenait et qui ne me convient absolument pas. Mais il n'a jamais voulu le croire. Aussi, à sa mort, ai-je hérité de tout cela. J'arrive à l'ignorer, la plupart du temps, mais parfois, comme pendant ce week-end, je dois jouer les grands manitous. Sinon, j'évite autant que possible ce qui ressemble à du travail.

— Tu n'as jamais voulu te marier?

— Je me suis toujours trouvé trop jeune pour cela.

— Quel âge as-tu? demanda-t-elle en riant.

— Trente-cinq ans.

— Et c'est trop jeune?

— A mon avis, oui.

Avec une élégance outrée, il lui fit un baise-main et poursuivit :

— Mais si vous me voulez, ma gente dame, je promets de modifier mes manières infâmes.

En pouffant, elle lui envoya un coup sur l'épaule,

sans se rendre compte que sa réaction le faisait tressaillir.

— Je devrais bien te prendre au mot, juste pour te donner une leçon.

Puis, se rappelant ses paroles, elle ajouta :

— Tu dis que ton grand-père t'a élevé. Où était ton père pendant ce temps?

Un moment s'écoula avant qu'il réponde.

— Il était là, sans y être, si tu vois ce que je veux dire. Mon père a toujours été un peu dans les nuages, surtout après la mort de ma mère. Je pense qu'il ne se considérait pas comme un tuteur valable. En fait, c'est Jake qui a été mon père, plus que papa ou le vieux Marcus.

Après une pause, il reprit sur un ton plus léger :

— A propos de Jake, j'ai une confession à te faire.

— Vraiment?

— Le jour où je me suis arrêté pour te demander le chemin, je le savais déjà.

— Non! s'exclama-t-elle, feignant la surprise.

— Si, mais ce n'est pas tout. Il n'y a pas d'accalmie pendant une tornade.

Il essaya de prendre un air contrit, mais sans succès.

— Mark?

— Oui, mon cœur.

— J'ai aussi une confession à te faire. Je savais qu'il n'y a pas d'accalmie pendant une tornade.

Surpris, il se dressa sur un coude.

— Tu le savais? Petit démon! Dire que je me sentais coupable de t'avoir bernée.

Puis, comme frappé d'une pensée soudaine, il la regarda.

— Dans ce cas, pourquoi n'as-tu rien dit?

— Toute la semaine, je me suis posé cette question. Et puis, j'ai réalisé que c'était parce que j'aimais être dans tes bras, que je m'y sentais bien.

Il l'attira contre lui. Dans d'autres bras, elle s'était toujours sentie trop ceci ou trop cela. Avec Mark, c'était parfait.

Le lendemain matin, ils se levèrent de bonne heure. Une jeune Portoricaine leur servit des croissants dans la salle à manger. Maggie voulait absolument savoir ce que Mark avait prévu pour la journée, mais il se borna à lui révéler qu'il s'agissait de quelque chose de spécial.

Ils descendirent à pied la pente abrupte qui menait au port. Fatiguée de marcher au pas de son compagnon, la jeune femme l'arrêta.

— Regarde tes jambes.

Ce qu'il fit.

— Maintenant, regarde les miennes.

Après avoir inspecté plus longtemps qu'il n'en était besoin les fines jambes bronzées, il sourit et murmura :

— Oui, mon cœur.

— Je ne sais pas comment cela s'appelle, mais il existe en physique une loi affirmant que celles-ci — et elle montra ses jambes — ne peuvent pas aller aussi vite que celles-là.

— La loi du rendement non proportionnel? suggéra Mark en riant. Je suis désolé. Je ne m'étais pas rendu compte que j'allais si vite. Je suis pressé d'arriver au bateau.

— Le bateau? Nous allons faire de la voile?

— Attends. Tu vas voir.

En arrivant vers le quartier commerçant, ils rencontrèrent des acheteurs matinaux. En dépassant une vieille petite dame, chargée de sacs, Maggie la désigna à Mark.

— C'est bien trop lourd pour elle. Tu devrais l'aider.

— Ces indigènes ont l'habitude, surtout les femmes. Depuis son enfance, elle a dû porter des paniers sur la tête.

— Mais plus maintenant. Elle est trop âgée.

Avec un soupir devant ses yeux pleins de pitié, il acquiesça.

— Bon, très bien. Je vais les lui porter.

Il la rejoignit alors qu'elle gravissait l'escalier d'une maison rose pâle. Devant la porte d'entrée, il lui rendit ses paquets et écouta patiemment ce qu'elle lui disait en souriant, dans un étrange langage musical.

Lorsque Mark revint vers elle, Maggie était satisfaite.

— Tu vois comme elle a apprécié ton aide...

Mais au lieu du plaisir d'avoir joué les bons samaritains, ses traits ne montraient qu'un profond étonnement.

— Je n'en suis pas si sûr. Il me semble qu'elle a maudit ma descendance jusqu'à la troisième génération.

— Mais de quoi parles-tu?

— C'est ce que j'essaye de t'expliquer. Je ne sais pas de quoi elle parlait. Son dialecte était difficile à comprendre, mais je jurerais l'avoir entendue mentionner ma progéniture.

— Et tu crois qu'elle l'aurait maudite jusqu'à la troisième génération? Mais pourquoi?

Incrédule, Maggie essayait de réprimer le rire qui montait en elle.

Furieux, il jeta un nouveau coup d'œil sur la maison rose.

— Je ne sais pas. Peut-être ne peut-elle rien garantir au-delà?

A cette repartie, la jeune femme ne put se retenir plus longtemps. Appuyée contre lui, elle pouffa de bon cœur.

— Oh! Mark, hoqueta-t-elle, je suis désolée! C'est ta première action désintéressée et elle te vaut une claque... plus, une malédiction.

— Mais ton regret sincère d'avoir occasionné cela compense cet échec!

Essayant de se calmer, elle assura :

— Je te promets de ne plus t'obliger à faire de bonnes actions.

— J'en doute. Allons, viens, oiseau de malheur. Le bateau nous attend.

Au grand étonnement de Maggie, Mark avait décidé d'emprunter le bateau de leur hôte, équipé pour l'occasion. Ainsi allaient-ils se trouver complètement seuls, sans équipage pour leur signaler les curiosités. Eux deux seulement, et un beau ciel bleu.

Leur destination, gardée secrète par Mark, se révéla être la petite baie d'un des îlots inhabités qui entouraient l'île principale. Il la porta sur le rivage en invitant ses amis pirates imaginaires à venir admirer sa proie. Puis il retourna au bateau pour en rapporter les provisions.

C'était un paradis sur terre qui semblait chuchoter, à celui qui voulait prendre le temps d'écouter, les secrets de l'amour et de la vie. Ce que faisait

Maggie. Demain viendrait bien assez vite avec ses tristes impératifs. Aujourd'hui, elle saisirait sa part de bonheur pour en savourer chaque instant.

— Qu'en penses-tu?

L'entourant de ses bras, Mark l'attira contre lui.

— C'est magnifique. C'est un lieu hors du temps. Nous pourrions y rester des années et elles nous sembleraient seulement des heures.

— Veux-tu essayer?

— J'aimerais bien. Je ne manquerais à personne, mais j'ai l'impression que le diligent M. Lowe nous trouverait rapidement.

— Tu as sans doute raison, mais c'était une jolie pensée.

Sa voix paraissait étrangement désenchantée et son regard était perdu dans le vague. Puis il la regarda avec un sourire.

— Par conséquent, il faut profiter au maximum de notre séjour. Tu es prête à te baigner?

— Mais je n'ai pas apporté de maillot!

— Non? Ai-je oublié de te dire que nous allions nager? fit-il, l'air malicieux.

Un doigt accusateur pointé vers sa poitrine, elle secoua la tête.

— Espèce d'affreux!

— C'est vrai! Viens, nous perdons du temps.

Ce furent des heures enchantées qu'ils passèrent sur cette petite île, présent insigne des dieux. Ils étaient revenus à ces temps plus innocents, plus libres où il n'était pas nécessaire de porter des vêtements. Ils rirent et jouèrent comme des enfants et s'abreuvèrent de mer, de soleil et de silence.

Sur les instances de Mark, Maggie dut retracer sa vie depuis le jour de sa naissance.

Elle lui parla de ses parents, affectueux mais

sévères, de ses deux jeunes sœurs dont elle s'était toujours sentie responsable et qu'elle avait tirées de plus d'un mauvais pas. De temps en temps, elles avaient besoin d'une aide que Maggie continuait à leur accorder.

— Voilà donc pourquoi tu prends la vie si sérieusement, murmura-t-il, pensif. Tu as dû supporter, enfant, des responsabilités d'adulte.

— Penses-tu que je sois trop sérieuse?

— Ce n'est pas ce que je voulais dire, Maggie. Tu as un merveilleux sens de l'humour, même s'il est parfois sadique.

— Sadique?

— C'est ce qu'il me semble, quand tu te moques de moi.

— Cela m'arrive-t-il? demanda-t-elle innocemment.

— Oh oui! petit démon! Et maintenant que je connais ton passé, pourquoi ne me parles-tu pas de ton avenir?

— N'es-tu pas fatigué de m'écouter? Raconte-moi plutôt ton enfance. Je parierais que tu étais un petit garçon intéressant, remarqua-t-elle, le regard espiègle.

— Sache que j'étais un enfant parfait, de même que je suis un adulte parfait.

— Parfait? railla-t-elle.

— Presque.

Il se laissa tomber sur la couverture en l'attirant contre lui.

— Je n'ai qu'un petit défaut.

— Un seul? Lequel?

Sa main descendit sur sa gorge et sur ses seins et il lui chuchota à l'oreille:

— Je n'ai aucune patience, princesse, et j'ai attendu beaucoup trop longtemps aujourd'hui.

Et il fit en sorte que leur journée soit parfaite.

Alors qu'ils étaient étendus sur la couverture, rassasiés d'amour et de nourriture, Maggie vit en un éclair terrible ce qui les guettait le lendemain et elle décida de faire durer cette féerie le plus longtemps possible. Elle savait que la réalité aurait le dessus, mais pour un bref moment elle voulait lui tourner le dos et s'abandonner au rêve.

— A quoi penses-tu?

— A quelque chose de triste, comme demain.

Se tournant sur le côté, elle passa ses doigts sur la poitrine de Mark. Têtue, elle repoussa l'idée du futur pour la remplacer par une image qui lui resterait toujours à l'esprit : celle de Mark, dans l'océan jusqu'aux genoux, le visage levé vers le soleil, ses cheveux blonds dorés tout mouillés.

— Dallas ne ressemble pas exactement à Saint Thomas, mais aucun endroit n'est triste, si l'on s'y trouve avec la personne souhaitée. Demain Maggie...

— Je ne veux penser ni à demain, ni à Dallas.

Elle eut un sourire malicieux.

— ... Je ne veux songer qu'à une belle vague blonde et une petite baie turquoise.

— J'aimerais mener la vie d'une vague qui déferle sur le rivage...

Il la fit venir sur lui et lui caressa le bas des reins.

— ... On y trouve de si jolies choses.

Puis, avec un soupir, il poursuivit :

— Hélas, mon cœur, le moment est venu de quitter le paradis.

Soudain, il lui prit le visage de ses deux mains et fixa sur les siens ses yeux gris acier, emplis d'une sorte de peur.

— Restons, Maggie. Ne rentrons jamais plus.

Un instant, elle fut tentée, mais elle repoussa cette idée et sauta sur ses pieds.

— Impossible. Où achèterais-je mon vernis à ongles?

— Prudente Maggie, chuchota-t-il, les yeux clos. Il se releva.

— Très bien, madame. Allons-y.

Cette nuit-là, Mark refit le même cauchemar. Ses plaintes étouffées éveillèrent Maggie; son visage était trempé de sueur et ses traits étaient déformés par l'angoisse. De nouveau, elle l'apaisa. La nuit précédente avait été tranquille, magique. Ce qui les poussa l'un vers l'autre, cette fois, ce fut le besoin primitif d'une union passionnée qui atteignit des profondeurs insoupçonnées d'eux-mêmes. Après cela, ils ne connurent pas de sommeil réparateur et restèrent dans les bras l'un de l'autre, faisant l'amour encore et encore comme s'ils emmagasinaient leur passion pour les soutenir à l'avenir.

Le matin suivant, Maggie tâcha d'agir comme si ce n'était pas la fin d'un beau rêve. Pendant qu'elle faisait ses bagages, son compagnon resta silencieux et, durant le retour vers Dallas, ses yeux révélaient une triste résignation.

Le même jeune homme les attendait à l'aéroport. Les barrières invisibles qui séparaient son monde de celui de Mark commençaient déjà à se manifester.

En arrivant chez elle, Maggie le regarda enfin.

— C'est fini, n'est-ce pas? demanda-t-il. Tu as fait quelque chose de frivole, et maintenant c'est le retour à la normale, sans place pour un bouffon de cour dans ta vie bien réglée.

— Mark..., commença-t-elle, frappée pour la première fois par le sentiment inconfortable de l'avoir utilisé.

— Ne t'explique pas, Maggie, je ne t'accuse de rien. Tu as été très claire dès le départ. J'espérais sans doute que tu changerais d'avis. Au revoir, mon cœur.

Il lui effleura les lèvres d'un baiser et s'éloigna. Elle le revit dans l'eau, le visage levé vers le soleil, et sourit.

8

DE nouveau, il était là.

Maggie le voyait, de l'autre côté de la rue, appuyé contre un réverbère, saluant aimablement les passants, feignant de ne pas la suivre. Cela durait depuis le début de la semaine. Chaque fois qu'elle quittait le bureau, il était là, quelque part dans la foule qui peuplait les rues.

Tout d'abord, elle avait cru se tromper. Ce devait être quelqu'un qui lui ressemblait. Mais lorsqu'elle aperçut ses yeux gris, il n'y eut plus de doute possible.

Et puis, exactement une semaine après leur séparation, alors qu'elle regardait un étalage dans un grand magasin, il se trouva derrière elle, étudiant une licorne en cuivre.

S'adressant à deux clients bien en chair, à côté de lui, il affirma :

— Je suis bien d'accord, cet objet vaut bien ce prix-là. Mais, bien sûr, je ne suis qu'un homme. Il nous faudrait l'avis d'une femme; je suis certain que mon épouse sera heureuse de donner le sien.

Le regard pétillant, il se tourna vers Maggie :

— Qu'en penses-tu, chérie?

— Il est dénué de tout scrupule, murmura-t-elle, avant de s'éloigner rapidement sous les yeux intrigués des deux personnes.

Son visage était resté calme, mais son cœur, son cœur indiscipliné, éclatait d'une joie inexplicable.

Ce jour-là, il ne la suivit pas, mais la semaine suivante, elle vit sa tête blonde au-dessus de la foule, sentit ses yeux fixés sur elle. Elle déjeunait, il était là; elle allait à sa voiture, le soir, il était là; elle sortait avec Carrel, parmi des centaines d'autres badauds, il était là.

Elle n'essaya pas de se cacher de lui. Elle fit simplement de son mieux pour l'ignorer. Mais c'était plus facile à dire qu'à faire, surtout avec un homme tel que lui. Et Carrel ne l'aidait pas : plusieurs fois, son amie la surprit en train de lui faire des signes, en cachette.

En vain, la jeune femme avait essayé de la convaincre qu'elle agissait comme elle le devait. Un soir, chez Maggie, Carrel aborda de nouveau le sujet qui occupait constamment les pensées de son amie.

— Explique-moi encore pourquoi tu ignores un homme beau, charmant, riche, et fou de toi? Peut-être comprendrai-je, cette fois?

— Ne te souviens-tu pas de notre discussion, avant que je ne parte avec Mark? Tu as bien dit que n'importe quel type de relation entre nous serait un désastre? Tu t'en souviens?

— C'est bien possible.

— Ce sont tes paroles exactes. Puis tu as décidé que j'avais besoin de faire un voyage en avion. C'est fait, et maintenant, c'est terminé.

— Pourquoi es-tu tellement sur la défensive? Et

ne me raconte pas que tu ne l'as accompagné que pour m'obéir. Tu ne me feras pas croire que tu le comparais à une dose d'huile de foie de morue quand tu étais dans ses bras.

— Bien sûr que non. J'y suis allée parce que je le voulais, et j'ai apprécié...

Elle s'arrêta, cherchant un mot plus fort.

— ... et j'en ai aimé chaque instant. C'était magnifique, mais je ne peux pas apparenter cela à ma vie réelle. Mark n'a aucun rapport avec ma vie réelle.

— C'est ce que tu répètes sans arrêt. Comment le sais-tu? Tu ne lui as pas laissé une chance.

— Une chance de quoi faire? Sois raisonnable. Peux-tu vraiment imaginer Mark se glissant discrètement dans l'existence que je mène? Le vois-tu assis là, en train de manger une pizza, les yeux fixés sur le feuilleton de la télévision?

— Je comprends...

— Bon; maintenant, peux-tu m'imaginer, me glissant confortablement dans l'existence de Mark?

— Tu le pourrais. Tu le pourrais, si tu le voulais.

— Voilà le hic : si je le voulais... J'aime bien Mark; je l'aime beaucoup, mais je ne veux pas changer ma vie pour lui. Et il le faudrait, si je continuais à le voir. Je ne veux pas me précipiter. Cela me met mal à l'aise, comme si je ne contrôlais plus ma propre vie. J'aime peser le pour et le contre, regarder en profondeur et voir l'incidence de mes actions sur mon avenir. Et il n'y a aucune espèce d'avenir pour Mark et moi.

Tristement, son amie secoua la tête.

— Tu raisonnes encore comme un ordinateur. Je croyais que tu allais essayer de t'en corriger.

— Je ne peux pas m'empêcher de penser ainsi. Cela fait partie de moi. J'ai un cerveau et je dois l'utiliser.

— Mais ne vois-tu pas tout ce que tu manques? Agir impulsivement te met mal à l'aise, mais ton voyage avec Mark ne t'a-t-il pas comblée?

Pendant un instant, Maggie ne sut quoi répondre. Il lui fallait y réfléchir. Le temps passé avec Mark ne valait-il pas tout? Echangerait-elle contre de la logique les jours merveilleux qu'ils avaient partagés? Pour rien au monde elle n'abandonnait ses souvenirs.

Secouant la tête, comme pour chasser sa confusion, elle admit :

— Ce fut merveilleux. Mais ce n'était qu'un rêve, qui s'est passé là-bas. On ne peut pas rapporter un rêve dans sa valise, comme un coquillage. Ils partent en fumée lorsqu'on les expose dans son monde habituel.

Pensive, Carrel la regarda.

— Si seulement je pouvais comprendre pourquoi tu essayes tellement de te convaincre que cela ne marcherait pas avec Mark!

Exaspérée, Maggie soupira.

— Je n'invente rien, Carrel, ce sont les faits. Des faits indiscutables.

— Et tes sentiments? Tu es tellement attachée aux faits que tu en oublies tes sentiments. Tu ne les as pas mentionnés une seule fois.

— Ce sont ceux d'une personne suivie par un limier. Satisfaite? ajouta-t-elle en grimaçant un sourire.

— Tu ne t'es même pas donné l'occasion de réfléchir à tes sentiments, alors que tu examines toujours tout si soigneusement? As-tu peur de quelque chose?

Impossible d'en supporter plus. On aurait dit que son cerveau était tiraillé dans douze directions à la fois. Maggie alla s'asseoir à côté de Carrel.

— Je ne peux pas y penser plus longtemps ce soir. Ne peux-tu me croire? Je sais que c'est impossible et c'est pourquoi je fais comme si Mark n'était pas là.

Mieux valait laisser tomber le sujet pour l'instant. Mais après ce soir-là, Carrel fit de subtiles allusions pour que Mark soit toujours présent à l'esprit de Maggie, sans pour autant l'obliger à examiner ses sentiments pour lui.

Un jour, jetant un coup d'œil à Mark qui les observait, par-dessus un comptoir, Carrel remarqua :

— Il n'abandonne pas.

— Il m'a déjà avertie qu'il supportait mal la défaite. Or c'est moi qui suis partie.

Elles se dirigèrent vers un autre étalage, Mark toujours sur leurs talons.

— Tu sais comme les choses peuvent prendre des proportions extraordinaire. L'occasion que l'on rate semble, après coup, merveilleuse, poursuivit-elle, comme pour se convaincre.

— Peut-être, répliqua Carrel, mais je pense tout de même que Mark est plus profond qu'il n'y paraît.

Elle avait raison, Maggie le savait bien. Mais elle savait aussi qu'elle ne pourrait pas continuer à le voir sans être blessée, il lui fallait l'admettre. S'ils reprenaient leur liaison, Mark l'absorberait totalement car elle serait incapable de le tenir à l'écart de sa vie réelle. Et si leur aventure devenait plus sérieuse, ne courrait-elle pas le risque de perdre le beau rêve qu'elle avait vécu à Saint Thomas, ne retrouvant qu'une réalité plus sordide?

Aussi continua-t-elle d'ignorer le jeune homme et de feindre de ne pas le voir, comme aujourd'hui, par exemple, alors qu'il traversait la rue pour se diriger vers elle. Elle tourna dans la petite rue où était garée sa voiture et accéléra le pas. Elle n'était plus qu'à quelques mètres du véhicule, lorsqu'elle sentit sa main sur son bras.

— Bonjour, Maggie Simms, dit-il avec un sourire hésitant.

Ce fut cette hésitation qui vint à bout de sa résistance. Toutes ses objections s'envolèrent. Même avec une volonté cent fois plus forte, elle n'aurait pu résister.

— Oh, Mark! murmura-t-elle.

Sa lèvre inférieure commença à trembler et elle se jeta dans ses bras pour l'étreindre farouchement, sans souci du monde extérieur.

9

Au cours des semaines qui suivirent, Maggie ne trouva plus aucune trace de l'hésitation que Mark avait montrée lorsqu'ils s'étaient retrouvés. Il la taquina et lui donna de ridicules excuses pour l'avoir poursuivie sans relâche. Mais toute trace de vulnérabilité avait disparu, aussi pensa-t-elle que c'était là l'un des nombreux tours de son répertoire.

Mais cela n'avait pas d'importance. Sa vulnérabilité — feinte ou non — n'avait servi qu'à faire surgir celle de Maggie. Elle voulait être avec lui. C'était aussi simple que cela. Aussi décida-t-elle de prendre les choses comme elles venaient et de régler les problèmes au fur et à mesure.

Fermant les oreilles à la voix de son éducation protestante, elle s'abandonna au plaisir permanent de la présence de Mark. La vague de sensualité d'un univers de feu l'entraîna loin de son monde logique et bien réglé.

Trois semaines plus tard, alors qu'ils se rendaient chez Jake, Maggie réfléchissait à un grave problème. Mark passait plus de temps chez elle que chez lui, et il leur était de plus en plus difficile de se séparer le soir.

Que faire? Qu'il emménage dans son petit appartement? Qu'elle s'installe chez lui jusqu'à la fin de leur liaison? Mark faisait très attention de ne pas toucher à son indépendance, mais elle savait que la situation était plus pénible pour lui que pour elle. C'est lui qui devait partir le soir.

Elle repoussa le problème, se promettant de l'aborder à la première occasion.

— Tu es terriblement calme. Quelque chose ne va pas?

— Je profitais seulement de la tranquillité. Cette semaine a été agitée.

Il la regarda attentivement, alors qu'ils se dirigeaient vers la grande porte en bois, après être descendus de voiture.

— Tu n'as qu'un mot à dire, Maggie, et nous partons pour un endroit où l'on n'a jamais entendu parler d'expert de ventes.

— Ne me tente pas!

Elle se mit à rire et salua Jake qui leur ouvrait la porte.

Plusieurs fois déjà, elle l'avait rencontré, mais maintenant, elle le regardait autrement. Comment cet homme rude avait-il pu être en partie responsable de l'affable Mark? Ce qu'il lui avait inculqué devait être profondément enfoui.

Jake les accueillit dans la grande pièce qui donnait sur le lac.

Assis sur le divan, près de Maggie, Mark demanda :

— Qu'est-ce que j'apprends? Tu es à nouveau tombé dans le lac?

— A nouveau? Ne va pas donner à Maggie l'impression que j'ai pour habitude de me noyer.

— Ah non? Je me souviens pourtant d'un plongeon, il y a quelques années. Tu étais revenu couvert de boue et tes jurons auraient fait rougir un charretier.

Ses yeux clairs pleins de gaieté, Jake secoua la tête.

— Tu as le diable au corps, mon garçon. Tu l'avais déjà mais cela ne s'arrange pas.

— Tu ne vas pas me blâmer!

Il se tourna vers Maggie :

— J'avais douze ans et je venais de ferrer une énorme perche. Je l'aurais ramenée correctement sur la rive, si Jake n'avait pas été excité au point de s'emmêler les jambes et de tomber à l'eau.

— Quelle honte, Mark, de faire croire de pareils mensonges à Maggie! Ne l'écoutez pas, mon enfant. Ce polisson m'a fait un croche-pied pour me faire plonger.

Ravie de ce badinage bon enfant, Maggie éclata de rire. Apparemment, cette discussion n'était pas nouvelle car ils en vinrent aux insultes.

Ce fut Mark qui y mit fin.

— Peu importe ce que tu racontes. La vérité, c'est que tu m'as fait rater une énorme perche. Maintenant, dis-moi : qui t'a jeté dans le lac, cette fois?

— C'est ce sacré ponton. Voilà des années qu'il aurait fallu le remplacer. Je me penchais pour vérifier l'un des piliers, lorsque j'ai perdu l'équilibre.

— Le pilier était-il pourri, comme tu le pensais?

— Oui, il y en a trois à remplacer. Je me ferai aider la semaine prochaine.

Mark se leva.

— Pourquoi n'irais-je pas voir, pendant que je suis là?

— Assieds-toi, mon garçon, ce n'est pas la peine. Les hommes iront quand ils auront le temps.

— Je veux y aller, Jake.

Avec un sourire, il se tourna vers Maggie :

— Tu ne m'en veux pas, si je te laisse avec ce vieux chenapan, n'est-ce pas?

— Bien sûr que non. Nous allons pouvoir comparer nos fiches sur un certain jeune prétentieux que nous connaissons tous deux.

— Cela me paraît inquiétant. Peut-être devrais-je rester pour protéger mon image?

— Surtout pas, mon garçon! Maggie et moi allons discuter. Si ton image est moitié aussi bonne que tu le penses, cela ira.

Comme Mark sortait en riant, Jake se tourna vers la jeune femme.

— Maintenant, parlons de ce gredin. Je ne peux pas vous dire ce que cela m'a fait d'apprendre ce qui se passait entre vous.

— J'ai toujours du mal à croire qu'il est votre neveu.

— Moi aussi parfois. Il a pratiquement vécu avec Jennie et moi. Vous n'avez jamais connu ma femme, n'est-ce pas?

A son souvenir, il sourit doucement.

— Elle était la plus belle chose que Dieu ait mise sur cette terre. Lorsque nous avons su que nous n'aurions jamais d'enfant, j'ai cru que son cœur allait se briser. Et puis, Mark est arrivé. Sa mère était malade, et Jonathan — mon frère — semblait n'avoir jamais de temps à lui consacrer. Aussi l'avons-nous pris chaque été, jusqu'à ce que le vieux Marcus le trouve assez grand pour lui enseigner les affaires.

Il poussa un profond soupir.

— Quelle tristesse de ne plus le voir ici, surtout à cause de Jennie; et moi aussi, je l'aimais. D'autre part, je savais ce que mon père et son cirque de fous peuvent faire sur quelqu'un. Je l'ai vécu il y a cinquante ans.

— Voulait-il que vous preniez sa suite?

Comme il était difficile d'imaginer cet homme voûté, aux mains durcies par le travail, dans le monde de Mark!

— Bien sûr. Il savait que Jonathan n'y arriverait pas. Il ne restait que moi. Aussi suis-je parti à l'aventure, jusqu'à ce que découvre l'est du Texas et ma Jennie. Par amour pour elle, j'ai failli retourner vers le vieux Marcus : je voulais la combler. Mais elle a refusé. Tout ce qu'elle souhaitait, c'était une maison pleine d'enfants. Alors j'ai acheté cette demeure. Dieu ne nous a pas accordé d'enfants, mais il nous a envoyé Mark. Si je n'aimais pas ce garçon pour lui-même, je l'aimerais pour le bonheur qu'il a donné à Jennie.

De nouveau il soupira et sembla revenir au présent.

— Je ne crois pas avoir autant parlé en vingt ans; je ne savais pas qu'il me restait tout ce souffle. Vous êtes une bonne auditrice, Maggie. Dites-moi maintenant ce que vous pensez de mon garçon.

Elle secoua tristement la tête.

— C'est une bien grande tâche, Jake. Je me suis posé cette question des dizaines de fois. Parfois — et même la plupart du temps — je pense ne pas le connaître assez pour me faire une opinion. Mais j'aime bien être avec lui.

— C'est suffisant pour l'instant. Le reste viendra tout seul. A présent, voyons, si le dîner est prêt.

En sortant pour aller chercher Mark, Maggie

123

réfléchit à cette conversation. Elle avait eu sans arrêt l'étrange impression que Jake essayait de lui dire quelque chose. Il n'était pas homme à donner des conseils sans y être invité. C'était à elle de comprendre.

En approchant du ponton, elle entendit un clapotis et fixa son attention sur une silhouette qui ressemblait à celle de... Non, ce ne pouvait pas être Mark!

Mais sa crainte se trouva confirmée.

— Mon Dieu, Mark! Tu es couvert de boue.

Il leva la tête du pilier sur lequel il tirait, pour jeter un coup d'œil sur lui-même.

— Oui, on le dirait. Mais sur moi, même la bouc est une forme d'élégance, n'est-ce pas?

— Tu es impossible, déclara-t-elle en reculant, de peur qu'il ne l'étreigne.

— Si je ne suis pas capable d'être boueux avec dignité et classe, rien ne va plus.

Et il ajouta en riant, devant son air ébahi :

— Allons, viens, mon cœur, avant que Jake n'envoie une équipe à notre recherche.

— Oui, le dîner est prêt.

Elle marchait à ses côtés, en évitant soigneusement de le toucher.

— De quoi as-tu parlé avec Jake? T'a-t-il révélé les secrets de mon passé?

— Quelques-uns.

— Et ceux de mon présent?

— Je crains que tes secrets du présent soient toujours des secrets, car je n'ai aucun indice. Je me contente d'avancer dans ton sillage.

— Est-ce ainsi que tu le vois? Comme c'est bizarre, ajouta-t-il avec un étrange petit sourire. Comment trouves-tu Jake? reprit-il. Je me fais du souci pour lui depuis quelque temps. La dernière fois que je suis venu — ce fameux week-end où nous avons fait connaissance — il se remettait d'une pneumonie.

— Il a l'air en forme. Je ne l'avais jamais vu aussi bavard. Il m'a parlé de ta tante Jennie.

— Vraiment? C'est rare. Elle est morte voici vingt ans mais elle nous manque toujours.

— Elle devait être unique.

Comme celle de Jake, la voix de Mark était empreinte de tristesse. Quelle sorte de femme était-elle donc pour avoir fait une telle impression sur ces deux hommes?

— Elle était la meilleure, dit-il simplement.

Une fois arrivés, Maggie attendit avec Jake que le jeune homme se soit douché, puis ils dînèrent.

Pendant tout le repas, le vieil homme ne quitta pas ses hôtes des yeux. Tout en écoutant leur insouciant bavardage, il semblait de moins en moins à l'aise.

Alors que les jeunes gens se préparaient à partir, il attira Maggie à l'écart.

— Maggie, pensez-vous pouvoir revenir bientôt ... seule?

— Bien sûr, répondit-elle, étonnée par cette demande. Y a-t-il quelque chose de particulier dont vous désiriez m'entretenir?

Avant qu'il puisse répondre, Mark arrivait vers eux, aussi reprit-il sur un ton plaisant :

— De choses et d'autres, et du prix des chaussures. Allons, vous feriez mieux de partir. Mark va être jaloux s'il vous voit faire des apartés avec un bel homme comme moi.

— Je t'ai entendu, toi! Essayes-tu de me voler ma femme? fit-il avec un sourire.

Jake resta sur le pas de la porte pour les regarder

s'éloigner. Maggie se retourna et lui adressa un dernier signe de la main.

— C'est un homme formidable. Si chaleureux, si simple. Tu as eu de la chance de l'avoir, lui et Jennie.

— Je suis d'accord avec toi, ma chérie, mais je suis tout de même un peu jaloux. Moi seul dois être formidable à tes yeux.

Il gara la voiture sur le bas-côté.

— Sais-tu où nous sommes?

Ils se trouvaient devant la maison de l'oncle de Maggie.

— Oui, mais pourquoi t'arrêtes-tu? Tante Sarah et oncle Charles se couchent toujours de bonne heure.

L'entourant de son bras, Mark lui murmura à l'oreille :

— Derrière cette maison se trouve un monticule, qui recouvre une confortable petite cave qui elle-même contient de très beaux mais très frustrants souvenirs. Si je n'avais pas peur que ton oncle tire sur nous comme sur des rôdeurs, je te porterais dans cette caverne pour y achever ce que nous avions commencé.

Une excitation parcourut ses veines. Sa voix se fit rauque.

— Je ne voudrais pas que tu te sentes lésé. Nous pourrions éteindre toutes les lumières chez moi, et dormir par terre.

— Je pourrais te manger maintenant!

De ses doigts, il traça le dessin de ses lèvres. La même passion les possédait tous deux.

— Mon Dieu, princesse, gémit-il, que vais-je faire avec toi?

126

Passant ses mains autour de sa taille, sous ses vêtements, elle chuchota :

— Je peux te faire quelques suggestions.

Il la lâcha doucement.

— Nous ferions mieux de partir, avant de choquer ta famille.

Le retour vers Dallas leur sembla durer des heures. Arrivés à l'appartement, ils donnèrent libre cours à la passion qui les dévorait.

*
* *

— Maggie, pour l'amour du ciel, que fais-tu? Nous avions réservé pour huit heures, et il est huit heures et demie.

L'air mécontent, elle se dirigea vers lui.

— C'est la faute de qui? J'étais prête. C'est toi qui as voulu regarder la fin de cette comédie idiote, à la télévision.

— Ce n'était pas idiot, protesta-t-il. C'était une description des problèmes que rencontre un joueur de hockey travesti.

— Espèce d'idiot, c'était l'histoire d'un cadre et de sa femme!

— C'était sa femme? C'est la moustache qui a dû me tromper!

Elle riait encore lorsque leur parvinrent des éclats de voix, alors qu'ils se garaient. La vulgarité semblait pourtant hors de place autour de ce restaurant grec joliment situé. Maggie se pencha pour voir trois hommes sous un arbre. Leurs jurons attirèrent l'attention de plusieurs personnes qui quittaient le restaurant.

— Mark, ils le brutalisent.

Il resserra son étreinte sur son bras et poursuivit son chemin.

— Ne t'en mêle pas, Maggie.

— Mais ce n'est qu'un jeune garçon.

S'arrêtant brusquement, il la regarda.

— Tu ne peux pas intervenir continuellement dans les affaires des autres. Ils ne se font pas de mal, ils se disputent simplement.

— Mais il est si jeune, et j'en ai vu un le rudoyer. Ne pourrais-tu pas vérifier s'il a besoin d'aide?

— Tu m'avais promis de ne plus m'entraîner dans ce genre de choses, lui rappela-t-il.

Puis, avec un soupir résigné :

— D'accord, j'y vais. Mais reste là.

Tendue, elle le regarda s'approcher du trio. Ils se tournèrent vers Mark avec curiosité. De l'endroit où elle se trouvait, Maggie ne pouvait pas entendre ce qui se disait, mais les trois hommes écoutaient Mark attentivement. Et soudain, des poings s'envolèrent et elle se précipita vers eux en criant. Lorsqu'elle les rejoignit, hors d'haleine, le trio s'éloignait et Mark, appuyé contre l'arbre, tenait son mouchoir sur ses yeux.

— Mark? Tu vas bien?

Lentement, il abaissa le mouchoir pour révéler de mauvaises égratignures et un œil rouge et boursouflé.

Les dents serrées, il affirma :

— Si jamais il t'arrive encore de vouloir engager mon aide, je te tiendrai par les pieds, la tête en bas, jusqu'à ce que ton visage bleuisse.

Partagée entre le rire et les larmes, elle promit :

128

— Je le jure, je ne recommencerai jamais, jamais. Je suis désolée. Est-ce très douloureux?

— C'est supportable. Et arrête de rire. Je ne l'entends pas, mais je le vois dans tes yeux.

— Non, tu te trompes, protesta-t-elle. Ce n'est pas ta souffrance, qui m'amuse. C'est simplement...

Elle s'interrompit pour regarder la peau enflée et violacée.

— Cela paraît si bizarre.

Immédiatement, elle comprit qu'elle n'avait pas dit ce qu'il fallait. Il la regarda comme une mouche agaçante, aussi ajouta-t-elle vivement :

— Rentrons. Je te mettrai de la glace sur l'œil et je te préparerai quelque chose à manger, et...

— Et quoi, Maggie?

— Et... Oh! je ne sais pas! Je suppose que je peux m'excuser de t'avoir mis dans ce pétrin et trouver une compensation.

— Ah oui? Laquelle?

— Certainement pas ce à quoi tu penses. Et si tu n'es pas assez indulgent pour accepter mes excuses, alors oublions cela, fulmina-t-elle.

— Mais j'accepte toujours ce que tu m'offres gracieusement, mon amour. Et si tu veux vraiment m'accorder une compensation pour cette atroce souffrance, je suis sûr que nous pouvons en trouver une.

Il éclata de rire.

— Tu es le plus... commença-t-elle, des éclairs dans les yeux.

— ... Adorable, intelligent, beau, et indulgent personnage que j'ai jamais rencontré, acheva-t-il à sa place. C'est bien ce que tu allais dire, n'est-ce pas?

Prête à le foudroyer, elle le regarda et sa colère tomba subitement. Impossible de lui en vouloir. Il était tellement gentil!

— Oui, murmura-t-elle, je le crois.

Un instant, il sembla surpris de sa réponse, puis il sourit et ils regagnèrent la voiture.

De retour à l'appartement, Mark engloutit une énorme omelette au fromage et s'allongea sur le divan, la tête sur les genoux de Maggie pour qu'elle puisse appliquer sur son œil de la glace et sur son visage une main compatissante.

— As-tu vu lequel de ces malotrus faisait s'effondrer sur moi le pont de Brooklyn?

— Eh bien, euh ...

Elle hésitait.

— Lequel, Maggie? insista-t-il.

— C'est le jeune garçon.

— Le petit frisé au visage boutonneux? cria-t-il. Mais il ne devait pas peser plus de cinquante kilos!

— Il a frappé par surprise. De plus, je crois que tu as cassé le nez du gros.

— Ah bon?

Ce renseignement l'apaisa quelque peu.

— Mark, pourquoi ont-ils commencé à te battre? Que leur as-tu dit?

— Je leur ai simplement demandé d'aller se quereller dans un lieu moins public, mais il m'ont fait comprendre que mon intervention leur déplaisait.

Otant le sac de glace, il regarda Maggie.

— Je ne suis pas Lancelot. Ni maintenant, ni jamais. Je veux bien me battre contre tout Dallas pour te protéger, toi ou Jake, mais je ne peux pas jouer les Don Quichotte.

— Je ne m'attends pas à ce que...

— Bien sûr que si, mon cœur.

Il s'assit pour la prendre dans ses bras.

— Pas consciemment peut-être, mais quelque part en toi, tu t'attends à ce que je sois autre, alors que je ne le pourrai jamais. Ne peux-tu pas m'accepter tel que je suis?

Elle évita son regard observateur.

— Ne sois pas stupide. Pourquoi ne t'accepterais-je pas tel que tu es?

Comme déçu par sa réponse, il ferma les yeux avec un profond soupir. Puis il souleva les paupières :

— As-tu oublié que tu devais me dédommager pour m'avoir poussé dans une rixe populaire?

Avec un sourire, elle se pencha vers lui et lui caressa la poitrine. Depuis un mois qu'ils vivaient ensemble, ils avaient toujours le même appétit l'un de l'autre. C'était un plaisir sans cesse renouvelé et merveilleux. Maggie avait relégué le reste au second plan.

Le matin suivant, Maggie s'éveilla dans les bras de Mark, heureuse de lui avoir demandé de rester.

Un regard sur la pendule la fit soupirer. Déjà six heures trente. Si elle ne se levait pas rapidement, elle serait en retard au travail. Elle se glissait hors du lit lorsqu'une main puissante la saisit à la taille.

— Abandonner son poste est une faute grave, murmura-t-il.

— Je sais, chuchota-t-elle à regret. Mais ni le temps, ni Howard Electronics n'attendent. C'est lundi et je dois gagner de l'argent pour mon beurre d'arachide.

D'une caresse légère, il repoussa les boucles de son front et, comme si l'idée lui venait juste à l'esprit, il dit :

— Pourquoi n'arrêtes-tu pas de travailler? Non, écoute-moi! Nous pourrions nous marier. Ainsi, tu n'aurais plus besoin de travailler et moi je ne rentrerais pas chaque soir à la maison vers un lit vide.

Une vague de chaleur l'envahit. Maggie ne s'était pas attendue à cette offre et n'avait pas prévu sa réaction. Que se passait-il en elle? Avant qu'elle n'ait pu rassembler ses idées, il reprit :

— Ce serait drôle, ma chérie. Nous irions où bon nous semble, faire ce que bon nous semble.

Drôle? Son sang brûlant se refroidit d'un coup et une douleur profonde et inexplicable la saisit. Bien sûr, il voulait s'amuser. Qu'avait-elle espéré? Un amour éternel?

Fermant les yeux, elle prit une profonde inspiration pour se calmer.

— Tu es fou. Les gens ne se marient pas parce que c'est drôle. Du moins pas les gens intelligents.

Elle se leva et poursuivit :

— Je sais que notre arrangement n'est pratique ni pour l'un ni pour l'autre, mais nous pouvons trouver autre chose. Un moyen un peu moins radical que le mariage.

Pendant qu'elle était sous la douche, Mark resta étendu, les yeux au plafond, mais avant qu'elle n'ait fini de se préparer, il avait repris son attitude insouciante.

Si seulement elle avait pu recouvrer aussi facilement son état normal! A l'heure du repas, un mal de

132

tête lui martelait le crâne. Assise dans un café avec Carrel, elle émietta son sandwich jusqu'à ce que son amie éclate :

Maggie, qu'est-ce qui ne va pas? Depuis ce matin, tu es comme un zombie.

— Mark m'a demandé en mariage, répondit-elle faiblement.

— Mais c'est merveilleux! Pourquoi fais-tu cette tête?

— Ce n'est pas merveilleux. C'est...

— Si, ça l'est, insista Carrel. Je me faisais tellement de souci pour toi. Je voyais à quel point tu l'aimais et j'avais peur que tu souffres, mais si tu l'épouses...

— Je l'aime? fit Maggie, les yeux écarquillés.

Puis la vérité la frappa douloureusement et elle gémit.

— Oh! Dieu, bien sûr que je l'aime! Comment pouvais-je être aussi stupide?

— Qu'est-ce qui ne va pas maintenant? Tu l'aimes. Il te demande de l'épouser. C'est on ne peut plus parfait.

La voix altérée par la souffrance, Maggie expliqua :

— Il veut m'épouser pour s'amuser.

— Bien sûr que ce sera amusant.

— Tu ne comprends pas.

Elle se mordit les lèvres pour contrôler leur tremblement.

— Il ne m'aime pas. Il me veut pour que nous nous amusions ensemble, mais il ne m'aime pas. Et je veux être aimée, Carrel. Je veux qu'il m'aime. De la façon dont Jake aimait — et aime toujours — Jennie. De la façon dont j'aime Mark.

— Ma pauvre chérie. Ne crois-tu pas que tu en demandes trop? Un amour comme celui de Jake pour Jennie, il n'y en a qu'un sur un million. Prends plutôt ce que l'on t'offre. Crois-moi, c'est déjà plus que ce qu'ont les autres.

— Je ne sais pas. Cela lui a été égal que je refuse.

— Alors, dis-lui que tu as réfléchi. Epouse-le et tâche d'obtenir ce que tu souhaites. C'est un bon départ, Maggie. Après, tu pourras construire.

Impossible de travailler ce jour-là. Mark était continuellement présent à son esprit. Construire, avait dit Carrel. Mais construire sur quoi? Ils n'avaient que l'amour de Maggie et une puissante attirance physique. C'étaient les seules choses qui les unissaient. Autant construire sur des sables mouvants. Et Mark, serait-il d'accord? S'il lui fallait fournir trop d'efforts, si ce n'était plus amusant, abandonnerait-il la partie? Que ferait-elle, alors? Ce serait pire que maintenant, parce qu'elle se serait habituée à l'aimer, qu'elle aurait conçu de tels espoirs qu'elle s'en trouverait complètement accablée.

Il lui fallait s'en sortir maintenant, avant que les dégâts ne soient trop importants. Elle allait l'appeler, annuler leur rendez-vous de ce soir, trouver une façon de lui expliquer que c'était fini. Elle savait que ce ne serait pas facile. D'une certaine manière, il tenait à elle, et elle ne voulait pas le blesser. Mais elle se battait pour sa propre existence, et elle en aurait la force.

Elle composa le numéro du bureau de Mark.

— Comment savais-tu que je pensais à toi? fit-il sans la saluer, de sa voix basse et profonde.

Elle avala sa salive et ferma les yeux. Elle n'avait pas imaginé ressentir cette douleur en l'entendant parler.

— Je dois être médium.

— Quelque chose ne va pas?

— Oui, Mark. Il s'est produit un incident et je ne pourrai pas te voir ce soir.

Les mots étaient sortis très vite et le silence qui suivit lui parut assourdissant.

— Je vois. Si on ne peut pas faire autrement... Puis-je t'appeler, plus tard, dans la soirée?

— Non, dit-elle vivement avant que ses nerfs ne flanchent.

— Je t'appellerai demain ou...

Cette fois, le silence faillit la faire hurler. Puis sa voix lui parvint, dure, lente.

— Très bien, Maggie. Si c'est ce que tu désires.

Il raccrocha.

« Non, gémit-elle intérieurement. Ce n'est pas ce que je veux. Je veux ton amour. »

Avec une profonde inspiration, elle se raidit, s'efforçant ainsi de se calmer. Soudain, elle se sentit observée. Carrel était appuyée contre le mur.

— Pourquoi? demanda-t-elle.

— Il m'aurait brisée. S'il m'avait quittée pour quelque chose de plus amusant, il m'aurait tuée. Je le sais.

Dégoûtée, Carrel s'éloigna.

— Tu es une poltronne, Maggie.

Elle saisit son sac et sortit sans se retourner.

« C'est donc le commencement de la fin, pensa-t-elle en revenant chez elle. Si c'est si douloureux d'annuler un rendez-vous, qu'est-ce que ce sera quand j'essayerai de lui expliquer que c'est terminé? Et quelles raisons lui donner? Peut-être saurai-je, le moment venu? »

Le moment arriva plus vite que prévu. Mark l'attendait devant la porte, les mains dans les poches. Elle s'arrêta net, puis reprit son chemin.

— Bonsoir, je ne m'attendais pas à te voir ce soir, fit-elle, un peu hésitante.

Sans réponse, il la suivit dans le salon. Il avait l'air vieux et plus dur. Essayant de trouver quelque chose à dire, elle le regarda, et ses paroles moururent dans sa gorge.

— Veux-tu m'expliquer tout cela, Maggie?

Sa voix avait perdu sa vivacité habituelle pour une platitude terrible.

Maintenant, elle lui devait la vérité. Son orgueil lui commandait de le regarder dans les yeux, son manque de courage, de l'éviter. Son orgueil gagna.

— Je ne peux plus te voir Mark. Je suis trop engagée avec toi. Plus profondément que je le voulais.

— Et c'est mal?

— Ce n'est pas mal. C'est une erreur. Une erreur pour nous deux. Nous sommes totalement différents. Ton mode de vie prend le pas sur le mien. Le travail t'ennuie, et cela me gagne aussi.

Pendant de longues minutes, ses yeux d'argent la sondèrent, puis il dit :

— Ainsi, tu as tout arrangé, Maggie. Mais si tu te trompais? Y as-tu songé? Et si nous étions faits l'un pour l'autre? Suppose que tu te sois trompée sur mon compte et sur la profondeur des sentiments que j'éprouve à ton égard?

136

— Me suis-je trompée, Mark? plaida-t-elle.

Ses yeux s'assombrirent puis il soupira.

— L'infaillible Maggie aurait fait erreur? C'est peu vraisemblable.

Et avant qu'elle ait pu le supplier de rester et de lui donner ce qu'il avait à lui donner, il était parti.

10

CETTE fois, Mark ne revint pas. Aucune tête blonde ne s'élevait plus au-dessus de la foule. Aucun regard argent ne suivait désormais ses mouvements alors que Maggie accomplissait la routine qui, jusqu'à présent lui avait semblé si importante.

Il lui fallut deux semaines et trois soirées désastreuses avec des hommes insipides pour comprendre qu'elle devait faire quelque chose : soit accepter la situation telle qu'elle était, soit essayer de la modifier. Mark était resté continuellement présent à son esprit depuis ces deux semaines.

Elle avait revécu chaque détail de leur liaison : Mark faisant le lit dans la cave; Mark, la main sur le cœur, déclarant avec son ridicule accent qu'elle lui plaisait; Mark à ses côtés, le corps nu au soleil.

« Mon Dieu! » gémit-elle, le visage dans les mains, assise dans le salon obscur; la bataille qu'elle menait contre le souvenir de Mark était perdue d'avance. Soudain, elle se rappela autre chose : son regard lorsqu'elle avait dit qu'elle ne se respecterait plus si elle dormait avec lui; la façon dont il avait refusé de la séduire, le soir où elle avait trop bu; sa vulnérabilité, le jour où il l'avait abordée dans la rue; sa sollicitude pour Jake; son inépuisable tendresse; sa douce compréhension.

Elle avait un poids terrible sur la poitrine, et reconnut pour la première fois ce qu'elle avait toujours su : Mark était un homme admirable. Un homme qui aimait la vie et la lui faisait aimer. Elle s'était attachée à sa façade désinvolte sans deviner sa sensibilité cachée, malgré tous les aperçus qu'il lui en avait donnés. Comme elle avait été aveugle! Elle n'avait pas vu celui qu'elle aimait. Son côté sensuel avait capturé son corps, son côté bouffon avait capturé son imagination. Mais c'était le Mark vulnérable et sensible qui avait gagné son cœur.

Et elle l'avait laissé partir!

Non, elle ne l'avait pas laissé partir, elle l'avait repoussé. Et pas pour de nobles principes; pour son orgueil stupide et maladif. Elle avait eu peur, aussi avait-elle préféré abandonner la lutte avant qu'elle ne commence.

Sa douleur devint intolérable, elle lui déchirait le cœur. Elle se sentait mourir. Assise là, dans cette pièce sombre et calme, elle en mourait. Et c'est elle qui l'avait voulu, par bêtise, par...

— Mon Dieu, murmura-t-elle.

D'un bond, elle se leva et essuya ses joues humides de ses mains tremblantes.

— Je deviens pleurnicheuse. Pourquoi suis-je là à me désoler sur mon sort? Je dois faire quelque chose.

Elle irait le voir. Elle saisit une robe, et la laissa retomber. Elle ne pouvait pas se trouver soudainement devant lui, avec ses sentiments. Ce ne serait pas juste. Il se sentirait obligé de reprendre leur

140

liaison. Or, son silence révélait qu'il s'était rapidement habitué à la situation.

Mais il fallait qu'il sache la véritable raison de cette rupture. Elle devait lui dire qu'elle avait ignoré son véritable caractère. Impossible de le laisser continuer à croire qu'elle avait une mauvaise opinion de lui. Et elle avait besoin de lui avouer son amour.

Ecrire une lettre lui sembla être la meilleure solution. Ainsi, il connaîtrait ses sentiments, sans que cela appelle une réponse de sa part. Il pourrait la jeter à la corbeille s'il le désirait.

Après trois heures d'efforts, elle en arriva à ceci :

« Cher Mark,

C'est la lettre la plus difficile que j'ai jamais essayé d'écrire. J'ai cherché désespérément un moyen de te présenter mes excuses pour ma conduite envers toi, mais en vain. Tu avais tort, Mark. Je ne suis pas infaillible. Je suis même probablement la personne la plus faillible qui soit. J'ai pensé constamment à toi durant ces deux semaines et j'en ai retiré ceci : je n'ai jamais rencontré auparavant un homme tel que toi. C'est peut-être pour cela que j'ai été si lente à ouvrir les yeux. J'étais aveugle à ta sensibilité, ta tendresse et ta force. Et aussi à mon amour.

J'espère que tu pourras me pardonner d'avoir fui, effrayée par l'immense amour que je te porte. Moi, je ne le pourrai jamais.

Maggie. »

Elle se relut, mécontente de l'insuffisance des mots et des pensées. Elle n'avait pas dit la moitié de ce qu'elle voulait, mais peut-être n'était-ce pas nécessaire.

Résolument, elle plia la feuille et la mit sous enveloppe. Il valait mieux ne pas trop en attendre : elle avait simplement écrit pour qu'il sache qu'elle s'était trompée. Mais elle se mentait à elle-même. Elle espérait une réponse de Mark qui lui déclarerait son amour, même s'il était plus faible que le sien.

Le lendemain, elle posta la lettre et une attente interminable commença. Elle tâchait de ne pas nourrir d'espoir, mais ne pouvait l'empêcher de sourdre chaque fois qu'elle pensait à Mark.

Vendredi, il la recevrait. Mais cette journée s'écoula sans un mot de lui, et un sentiment de défaite l'envahit. Après avoir regardé distraitement par la fenêtre toute la matinée du samedi, elle décida d'aller voir Jake. Elle voulait se trouver auprès de toute personne lui rappelant Mark

Deux heures plus tard, elle se garait devant la maison. Auparavant, elle avait téléphoné, pour être certaine que Mark n'y était pas. A sa grande surprise, Jake avait paru désireux de la voir. Peut-être pourrait-il la renseigner sur les sentiments de Mark afin d'apaiser son esprit et l'aider à bâtir son avenir sans lui.

Jake était assis dans le salon devant le feu. L'air commençait à piquer et ce feu était bien agréable.

— Bonjour, mon enfant. Je me demandais quand vous viendriez me rendre visite, dit-il en se levant.

— Comment allez-vous, Jake?

— L'âge est en train de me rattraper.

Il reprit sa place sur sa chaise et Maggie s'installa sur le divan.

— Que se passe-t-il entre Mark et vous? Depuis

142

votre dernière visite, il n'est pas revenu, mais lorsqu'il téléphone sa voix semble fatiguée. Fatiguée et âgée. Ce garçon n'a jamais été fatigué de sa vie. Que se passe-t-il?

Maggie ouvrit la bouche pour jeter une fois de plus le blâme sur elle, mais elle se reprit :

— J'en suis malade de m'être trompée à ce point et d'avoir été aussi stupide. Ce n'est pas entièrement de ma faute. Je sais que j'ai eu peur, mais il ne m'a pas beaucoup aidée. Délibérément, il a fait le pitre, sans dévoiler sa nature. S'il avait été plus ouvert, peut-être l'aurais-je été aussi et nous aurions évité ce gâchis. Quelle différence, de toute façon! Il m'a fait parfaitement comprendre qu'il ne voulait pas me voir. Je me suis excusée par courrier, en prenant toute la faute sur moi, et il n'a pas réagi.

— Peut-être souffre-t-il trop pour vous voir dès maintenant. Etes-vous sûre qu'il ait reçu la lettre? suggéra doucement Jake.

— J'en suis certaine. Elle a eu plus que le temps de lui parvenir.

— Je craignais quelque chose de ce genre. J'ai vu ce qui se passait quand vous étiez là, c'est pourquoi je voulais vous parler. Mark n'apprécierait pas mon intervention, mais il y a certaines choses que vous devez savoir.

Comme s'il rassemblait ses idées, il s'interrompit. Puis il reprit lentement :

— Lorsque Mark était avec Jennie et moi, c'était un enfant ouvert et aimant. Attention, ce n'était pas un ange. Non. C'était un garçon épanoui, aimable, tout à fait normal. Quand il eut quatorze ans le vieux Marcus le prit avec lui. Au début, il resta le même et j'espérais que tout irait bien. Puis...

Il s'éclaircit la voix.

— ... Jennie mourut. Ce fut comme si son ancre était partie à la dérive, et dans mon chagrin, je ne pouvais pas l'aider. L'enfant se referma sur lui-même et fut remplacé par un homme que je ne connaissais pas. De temps en temps, l'ancien Mark réapparaissait et je voyais bien qu'il souffrait, mais je ne pouvais rien faire. Il s'était fermé à tout le monde, moi compris.

Il soupira profondément.

— ... Je savais ce qui arrivait. J'étais passé par là avant lui. Je suis conscient de ce que des personnes superficielles, attachées à l'argent, peuvent faire à l'âme d'un homme comme Mark. Lorsque j'ai été pris au piège, je me suis enfui, aussi loin et aussi vite que j'ai pu. Mark a fait la même chose — mais dans sa tête. Il a simulé le détachement. Il riait en voyant tous ces imbéciles le flatter. C'était sa seule façon de se défendre. S'il avait montré son vrai visage à son grand-père et à ses soi-disant amis, il se serait fait tailler en pièces. Aussi leur montra-t-il un personnage qu'ils pourraient accepter.

— Mais moi? murmura Maggie, sans essayer de dissimuler les larmes qui coulaient sur ses joues. Ne pouvait-il pas être honnête avec moi? Me prenait-il pour l'un d'entre eux?

— Réfléchissez, Maggie. Tout cela ne s'est pas passé en une nuit. Pensez au nombre d'années, au nombre de gifles qu'il a reçues, avant d'apprendre la leçon.

Après une hésitation, il poursuivit :

— ... J'ai vu la façon dont il vous regardait, l'autre soir. C'est ainsi que je contemplais Jennie. Mais j'ai vu aussi de la peur dans ses yeux. Maggie, un soufflet de votre part le briserait. Je pense qu'il n'a pas voulu courir ce risque. Il a trop bien appris sa leçon.

Désespérée, elle demanda :

— Que faire, maintenant? Je lui ai dit que je l'aimais. Que puis-je faire d'autre?

— Attendez, Maggie, et n'abandonnez pas. J'ai confiance en lui, il s'en sortira.

« Si seulement vous aviez raison. Mon Dieu, Jake, j'espère que vous avez raison », pensait-elle sur le chemin du retour.

Le reste du week-end se traîna. Le lundi matin, en s'habillant pour se rendre au travail, Maggie se dit que Mark avait eu le temps de se décider et qu'elle devait donc prendre les choses en main. S'il le fallait, elle le suivrait pas à pas, comme il l'avait fait pour elle. Elle lui ferait reconnaître qu'il l'aimait.

« S'il vous plaît, priait-elle en silence, faites qu'il m'aime. » Elle repoussa ses doutes, prit son sac et allait sortir, lorsqu'on sonna à la porte. S'attendant à voir un voisin, ou Carrel, elle ouvrit... C'était Mark.

Paralysée, elle le regardait fixement, incapable de parler. Son visage était sévère, mais l'important était qu'il soit là. Il était venu, comme Jake l'avait prévu, c'était donc qu'il savait qu'elle l'aimait!

Cependant, comme il restait là, l'air fermé et dur, des doutes commencèrent à envahir Maggie. L'amour qu'elle lui portait n'avait pas l'air de le réjouir. Il ne faisait aucun geste vers elle.

— Mark, je...

— Viens avec moi, Maggie. J'ai quelque chose à te montrer, fit-il sèchement.

Il la prit par le bras et n'ouvrit plus la bouche jusqu'à ce qu'ils se retrouvent dans l'ascenseur qui menait à son bureau.

— Pourquoi m'amènes-tu ici?

— Parce qu'il y a certaines choses que tu dois savoir.

Sa voix était glaciale.

— J'espérais que ce ne serait pas nécessaire, mais apparemment, j'avais tort. Je suis retourné à Saint Thomas, la semaine dernière, et j'ai réfléchi. J'ai décidé de te fournir des preuves, puisque les sentiments n'ont pas d'effet sur toi.

— Tu n'étais pas en ville? s'étonna Maggie.

Cette possibilité ne lui était pas venue à l'esprit.

Il la dévisagea comme si elle était un peu sotte.

— Non, je suis rentré hier. Pourquoi?

Il n'avait pas reçu sa lettre, puisqu'elle l'avait envoyée à son bureau. Il ne savait donc pas!

— Mark, il faut que je te dise...

— Plus tard, Maggie. J'ai d'abord à te parler.

— Mais...

— Plus tard, répéta-t-il avec brusquerie, en la poussant vers son bureau.

John Lowe y était assis. Il se leva à leur entrée pour serrer la main de Maggie. Mark lui indiqua une chaise et s'installa aussi, avant de faire un signe de tête à John.

— Madame Simms, commença ce dernier, M. Wilding m'a demandé de vous informer sur ces activités de ces dernières années. La liste va vous paraître certainement très impressionnante.

Avec un sourire, il regarda Mark qui s'était tourné de côté, comme si tout cela ne l'intéressait pas. Après s'être éclairci la voix, il reprit :

— ... Lorsque M. Wilding a pris en charge cette société, il y a dix ans, elle en était encore à l'âge de pierre. En quelques années, malgré de nombreuses oppositions, il a réussi à lui donner cette efficacité...

Silencieusement, Maggie écouta toutes les innovations de Mark au sein de la société mère et des filiales. M. Lowe en vint ensuite aux réformes sociales que Mark avait instituées, à ses organismes de charité, à ses travaux de préservation de sites historiques, à ses cours dans diverses universités... Durant les deux heures qui suivirent, Maggie fut bombardée de faits et de chiffres innombrables.

Puis, après avoir rassemblé ses papiers, John Lowe sortit en les saluant d'un sourire.

Un lourd silence pesa dans la pièce, avant que Mark prenne la parole :

— Sais-tu comme cela peut être dégradant, pour un homme, d'avoir à convaincre la personne qu'il aime, qu'il mérite son attention? Lorsque tu m'as poliment renvoyé, j'ai pensé que si tu ne pouvais pas m'aimer sans que je fasse mes preuves, mieux valait rester sans toi. Mais, bien sûr, cette idée n'a pas résisté longtemps. Après une semaine épouvantable, j'en suis venu à la conclusion que je ferais ce qu'il faudrait pour te retrouver. Mais il me faudra du temps. C'est pourquoi il vaut mieux que tu partes, maintenant. Plus tard, nous essayerons de trouver une solution, mais pas maintenant.

Les yeux clos, il répéta :

— Pas maintenant.

Il l'aimait! Le reste se frayait difficilement un chemin jusqu'à son cerveau. Il voulait qu'elle s'en aille. Elle devait lui dire qu'elle l'aimait, et qu'elle avait fait le premier pas vers lui.

— Mark, il y a quelque chose que tu dois savoir.

— S'il te plaît, Maggie, veux-tu t'en aller? Je suis fatigué et j'ai une demi-douzaine de choses à faire avant de rentrer à la maison.

Elle se leva pour s'approcher de lui. Si elle pouvait le toucher, il comprendrait.

— Ecoute-moi, Mark. Je t'ai envoyé...

En baissant les paupières, elle vit sa lettre, sur une pile de courrier.

Mark suivit son regard, ses yeux se posèrent sur l'enveloppe, mais il ne sembla pas comprendre. Il se leva brusquement pour s'écarter d'elle.

— Bon sang, Maggie, que fais-tu? Si c'est ton hoquet qui te reprend, je t'étrangle. J'ai un rendez-vous dans cinq minutes, nous ne pouvons pas discuter maintenant, ajouta-t-il en se servant à boire.

Il n'y avait rien à faire. Il finirait bien par lire la lettre.

— Très bien, si c'est ce que tu veux.

Et elle sortit.

Quel gâchis! Fallait-il rire ou pleurer? Chaque fois que tout était sur le point de s'arranger, quelque chose faisait basculer l'ensemble. Comme c'était stupide! Ils s'aimaient et ils étaient séparés.

« Mark m'aime », pensa-t-elle, et ces mots étaient si nets, semblaient résonner si fort en elle qu'elle aurait voulu secouer le monde et crier : « Il m'aime!

Dans la rue, elle sourit aux passants, examina les vitrines, s'arrêta devant celle où avait été exposée la licorne en cuivre. Un cochon rouge en céramique la remplaçait. Elle se souvenait. Ce jour-là, elle avait levé les yeux et vu le reflet de Mark dans la vitrine.

Son sourire s'évanouit soudain, ses yeux s'agrandirent de surprise. Derrière elle, hors d'haleine, se trouvait Mark. Elle se tourna vers lui.

— Mark!

— Maggie, petit démon. Pourquoi me forces-tu à te courir après dans la rue? Pourquoi ne m'as-tu pas parlé de cette lettre?

Sans lui laisser le temps de répondre, il la saisit par le bras et l'entraîna vers son bureau. Il allait vite et elle avait du mal à le suivre.

Avant de se retrouver seule avec lui, elle dut encore affronter le regard interrogateur de sa secrétaire.

— Maintenant, dit-il en fermant la porte, éclaircissons tout cela. Tu m'as écrit la semaine dernière, n'est-ce pas?

Elle acquiesça.

— Il était donc inutile que je fasse ce sacrifice?

De nouveau, elle acquiesça en souriant.

— Et tu allais me l'expliquer quand je t'ai mise à la porte de mon bureau? Tu n'as pas l'intention de m'aider, hein? Tu me regardes me ridiculiser, sans bouger?

Avec un large sourire, elle se jeta dans ses bras tendus.

— Oh! ma princesse! gémit-il à son oreille. Cela a été si long. Et j'avais une telle faim de toi.

— Je sais, chuchota-t-elle, la tête enfouie dans sa poitrine, les bras serrés autour de lui.

— J'ai failli devenir fou. Je passais les nuits debout, à penser à toi. Et quand enfin je m'endormais, je rêvais de toi. Au réveil, tu n'étais pas là.

— Je suis désolée, désolée. C'est ma faute; j'étais stupide, dit-elle en lui caressant le visage, le cou, pour se persuader de sa présence.

— Chut! Cela n'a plus d'importance. Ce qui en a, c'est que tu es dans mes bras. Ma princesse, j'ai besoin de toi, souffla-t-il d'une voix enrouée.

— Je sais, je sais, dit-elle doucement. Mais quelqu'un pourrait entrer. Tu n'as vraiment rien d'un homme d'affaires digne, en ce moment.

— Je n'ai pas l'impression d'en être un.

— Oh! Mark, tu m'as tellement manqué! Et c'était si bête, j'étais si sotte.

— Pour l'amour du Ciel, Maggie, arrête de dire cela! Tu n'as pas été plus sotte que moi. Tu as même montré une intelligence remarquable, par rapport à moi. Je savais ce qui se passait, ce qui allait arriver, mais je ne pouvais pas — ne voulais pas — l'arrêter.

Les yeux voilés de souvenirs, il effleura ses lèvres.

— Je faisais le clown, le bouffon. J'avais peur que tu te moques de moi, que tu le prennes à la légère, si je t'avouais mon amour. C'est ce que tu faisais, lorsque je te laissais entendre que je voulais plus qu'une aventure.

— Mais je croyais que tu plaisantais!

— Je sais, ce n'est pas de ta faute.

— Si, insista-t-elle. Du moins, en partie. Je ne te voyais que superficiel et frivole et je refusais l'évidence pour la même raison que toi : j'avais peur. Ce que nous vivions était si beau, je ne voulais pas courir le risque de le voir gâché. Aussi l'ai-je détruit moi-même.

— C'était impossible. Rien ne l'aurait pu. Pourquoi penses-tu que je t'ai poursuivie comme je l'ai fait? Je savais que finalement — quoi qu'il arrive — nous nous retrouverions. Il le fallait, chuchota-t-il, ou je me serais perdu, comme dans mon rêve.

— Ton rêve? Celui que tu as eu dans la cave, puis à Saint Thomas?

— C'est cela.

Il frémit et resserra son étreinte.

— La première fois que j'ai fait ce cauchemar, c'était dans la cave. Tout d'abord, ce n'était pas tragique, mais seulement étrange. J'étais dans une grande pièce — une salle de bal — et j'étais entouré de personnages nébuleux. Des gens sans visage. Des hommes et des femmes, avec un vide à la place du visage. Je commençais à me sentir un peu mal à l'aise. J'en reconnaissais quelques-uns. Ne me demande pas comment. Il n'y avait rien qui puisse me permettre de les identifier, mais je savais qui ils étaient. Je me souviens d'avoir vu l'un de mes meilleurs amis, avec lequel j'avais dîné quelques jours auparavant. A ses côtés se trouvait la jeune fille à laquelle je m'étais fiancé à l'âge de vingt-quatre ans. Le passé et le présent se mélangeaient. Je n'avais pas encore peur. Je savais simplement que je ne voulais pas rester parmi eux. Puis je vis sur l'un des murs un énorme miroir doré, avec personne autour. Je me sentais attiré vers lui et m'y dirigeais contre ma volonté. Et plus je m'en approchais, plus mon angoisse montait. Je pense que je devinais ce que j'y verrais, mais le choc, l'horreur, n'en furent pas moindres. En regardant dans cette glace, je vis que j'étais l'un d'eux. J'étais un non-être, comme tous les autres dans cette pièce.

A l'évocation de ce rêve, sa voix se faisait rude et basse. Frissonnante, Maggie lui caressa le visage; elle comprenait sa terreur.

— C'est la chose la plus atroce qui me soit arrivée.

Tu sais comment sont les cauchemars : sans logique, sans raison, simplement terrifiants. Je faisais face à la perte de ma réalité, lorsque je ressentis une sensation particulière, comme si le miroir perdait de son pouvoir sur moi. Je me détournais et te voyais. Je voyais à travers toi, jusqu'à ton cœur, et j'y lisais la vérité. Devant ton sourire, ma terreur cédait. Je me tournais à nouveau vers la glace et ma propre réalité s'y reflétait. J'étais sur le point de faire une découverte importante, vitale, lorsque, me souriant à nouveau — tristement — tu t'éloignas. Mes traits se brouillèrent à nouveau et l'angoisse reprit. C'est alors que je me réveillais.

— Comme cela a dû te troubler! soupira-t-elle. Mais si ton amour pour moi est fondé sur ce rêve, cela n'ira pas. Je ne suis pas la vérité, ni la justice. Je suis moi, tout simplement. Pas entièrement mauvaise, mais pas entièrement bonne. Comme je te l'ai écrit : je suis faillible.

— Je sais, mon amour, c'est ce qui te rend adorable. Mais il fallait que je sache si tu tenais entre tes petites mains la clé de mon existence.

— Je crois comprendre ce que tu veux dire. C'est seulement à tes côtés que je nais à la vie.

— Oh! mon cœur, soupira-t-il, c'est ce que je souhaitais mais je n'osais pas l'espérer! A Saint Thomas, je désirais tant que tu m'aimes...

— Tu m'aimais, alors?

— Je voulais te protéger, mais tu refusais Je tâchais d'agir honorablement, mais si tu m'avais repoussé plus longtemps, je crois bien que l'honneur serait passé par la fenêtre.

— Ah, mon noir chevalier! Mais ne me raconte plus d'histoires, c'est toi qui as fait énumérer à

M. Lowe la liste de tes vertus. N'essaye pas de te faire passer pour un scélérat.

— A propos de cette liste...

— Ne me dis pas que ce charmant petit homme a menti!

— Non. Mais tous les hommes, dans ma position, sont obligés de faire des œuvres charitables. Tout le monde s'y attend. Ne crois pas que je sois Lancelot, en fin de compte.

— Bien sûr que non, dit-elle en souriant. Mais même si ton armure est un peu ternie, tu es le seul chevalier que j'aurai jamais.

— Je l'espère bien.

Et ses lèvres sur les siennes se firent exigeantes.

— Maggie, murmura-t-il, il faudrait peut-être rentrer à la maison pour guérir ton hoquet.

— Mais je n'ai pas le hoquet!

— Ne crois-tu pas à la médecine préventive?

Ils pouffèrent tous deux, et le son de leur rire emplit la pièce comme un signe joyeux des années qu'ils allaient vivre.

ÉPILOGUE

LES années qui suivirent furent effectivement emplies de rire, de larmes, et débordèrent d'amour. Mark s'écarta peu à peu de l'empire de son grand-père à mesure que s'altérait la santé de Jake. Mark et Maggie s'installèrent au manoir, et lui donnèrent le double plaisir de la présence de Mark Wilding, cinquième du nom.

Dès sa naissance, Buster — surnommé ainsi par Jake — fut un véritable garnement. Il avait les cheveux de sa mère, les yeux argent de son père et une personnalité déjà bien affirmée.

A l'arrivée de Buster, le cauchemar de Mark avait cessé, mais durant la première année de leur mariage, Maggie avait souvent dû l'apaiser.

Lorsque ce rêve disparut enfin, Maggie comprit que Mark lui faisait une confiance totale.

Ce matin-là, en préparant le petit déjeuner de Buster, elle leva les yeux et aperçut Mark par la fenêtre, le visage levé vers le soleil. Et soudain ils se retrouvèrent sur l'île. Elle sentit la caresse sensuelle du sable sous ses pieds, et son pouls s'accéléra.

Mark se dirigea vers la fenêtre, mais devant son regard il obliqua vers la porte.

— Retournons sur l'île, dit-elle une fois dans ses bras. Nous sommes allés voir Paul à Charlotte Amalie, mais nous n'avons pas revu cette petite anse turquoise.

— Oui, nous irons, et nous nagerons, murmura-t-il à son oreille. Nous étendrons la couverture sur la plage et...

Avant d'avoir pu terminer sa phrase, une petite voix l'interrompit.

— Maman, le bacon brûle...

— Désolée, fit-elle en se précipitant vers la poêle.

— Tu ferais mieux de me laisser faire, soupira-t-il, résigné. Lorsque toi et papa commencez à vous embrasser, je pourrais aussi bien mourir de faim. De plus, je cuisine aussi bien que toi.

— Quelle modestie! souligna Mark, en attirant Maggie dans ses bras.

Buster se tourna vers eux et Maggie retint son souffle devant l'étincelle de gaieté qui dansait dans le regard argent de son fils de huit ans.

— Exact, fit-il désinvolte.

Et il saisit un morceau de bacon.

Après s'être regardés en silence, Mark et Maggie éclatèrent de rire, sous les yeux indignés de Mark Wilding, cinquième du nom.

Dans la
COLLECTION PASSION
le mois prochain

N° 21 *Flammes d'automne sur les Andes* par Sara ORWIG

Laurie voulait défendre un innocent animal, mais, au premier coup d'œil, c'est le chasseur lui-même qui la fascine. Malheureusement pour elle, Laurie s'est aventurée trop loin dans la propriété de Ryan Wakefield, au cœur des Andes... et elle va bientôt le regretter.

Alors, ils vont tous deux engager un étrange pari... Mais pourront-ils le tenir une semaine... ou toute une vie?

N° 22 *Quand l'amour tient à un fil* par Carla NEGGERS

Abandonner son métier de marionnettiste? Sacrifier sa personnalité son indépendance? Jamais! Joanna n'est prête à aucune concession, même si l'enjeu en est l'amour de Paul, le brillant chirurgien. D'ailleurs, elle n'est pour ce don Juan qu'un passe-temps. La preuve : il n'ose pas la présenter à ses confrères...

Pourtant, comment oublier Paul? Et puis, si elle s'était trompée? Mais il est peut-être trop tard pour rattraper son erreur...

N° 23 *Tous les parfums de Martinique* par Fayrene PRESTON

Quand elle quitte un hiver brumeux pour découvrir la beauté radieuse des Antilles, Morgane a la stupeur de rencontrer le trop séduisant Douglas Falco, de tomber amoureuse de lui... et de le perdre presque aussitôt. Mais que faire quand tout semble condamné d'avance? Renoncer, ou tenter le tout pour le tout? Question de caractère, sans doute. Mais d'amour, surtout...

N° 24 *Orages sur Savannah* par Becky COMBS

Sandra se promène au clair de lune dans le parc du vieux domaine. Une Mercedes décapotable surgit soudain dans le brouillard, et, tous phares allumés, fonce sur la jeune femme. Sandra s'écarte à temps, et, pour se venger, jette une pierre sur la voiture de son agresseur... Fou de rage, Jake bondit sur elle, mais c'est pour l'étouffer d'un baiser et s'éloigner dans la nuit... Qui est donc cet inconnu? Que cherche-t-il?

LA COMPOSITION, L'IMPRESSION ET LE BROCHAGE DE CE LIVRE
ONT ÉTÉ EFFECTUÉS PAR LA SOCIÉTÉ NOUVELLE FIRMIN-DIDOT
POUR LE COMPTE DES ÉDITIONS PRESSES DE LA CITÉ
ACHEVÉ D'IMPRIMER LE 16 MAI 1984

Imprimé en France
Dépôt légal : avril 1984
N° d'édition : 4091 – N° d'impression : 0905